GULLIVER

Collection dirigée par
Stéphanie Durand

Les Merveilleuses Jumelles W.

Catalogage avant publication de Bibliothèque et Archives nationales du Québec et Bibliothèque et Archives Canada

Bergeron, Alain M.
Les merveilleuses jumelles W.
(Gulliver, 199)
ISBN 978-2-7644-2242-7 (Version imprimée)
ISBN 978-2-7644-2323-3 (PDF)
ISBN 978-2-7644-2324-0 (EPUB)
I. Titre. II. Collection: Gulliver jeunesse; 199.
PS8553.E674M472 2012   jC843'.54   C2012-941320-8
PS9553.E674M472 2012

 Conseil des Arts du Canada Canada Council for the Arts

Nous reconnaissons l'aide financière du gouvernement du Canada par l'entremise du Fonds du livre du Canada pour nos activités d'édition.

Gouvernement du Québec – Programme de crédit d'impôt pour l'édition de livres – Gestion SODEC.

Les Éditions Québec Amérique bénéficient du programme de subvention globale du Conseil des Arts du Canada. Elles tiennent également à remercier la SODEC pour son appui financier.

Québec Amérique
329, rue de la Commune Ouest, 3ᵉ étage
Montréal (Québec) H2Y 2E1
Téléphone: 514 499-3000, télécopieur: 514 499-3010

Dépôt légal: 4ᵉ trimestre 2012
Bibliothèque nationale du Québec
Bibliothèque nationale du Canada

Projet dirigé par Stéphanie Durand
Révision linguistique: Marie-Ève Pelletier-Lafrance
   et Diane-Monique Daviau
Mise en pages: Andréa Joseph [pagexpress@videotron.ca]
Conception graphique: Nathalie Caron
En couverture: Photomontage réalisé à partir d'une photographie
   des archives personnelles de Rhoda Eaves et Rhona Gillis

ALAIN M. BERGERON

Les Merveilleuses Jumelles W.

Québec Amérique

D'après le livre *No Limits*
de Byron Rempel

(Éditions Twinski)

À Rhona et à Rhoda Wurtele,
et à Nancy Robinson

Acton Vale

Boulay | Saint André | Pharmacie

rue vers l'école

1- Chez moi

2- Gare

3- Église anglicane

4- Manoir des Wurtele

5- Pharmacie

CHAPITRE 1
Septembre

Je l'ai vue pour la première fois à la pharmacie du centre-ville, celle de la rue Saint-André. Malgré son âge avancé – elle aurait pu être ma grand-mère –, j'ai tout de suite été charmé par son sourire espiègle. En fait, je croyais que ce sourire m'était adressé. Erreur : il ne m'était pas destiné. Il était plutôt pour la vieille dame, une amie probablement, que j'accompagnais dans le commerce, Mme Dufresne.

Cette dernière, que je surnommais Mme D. dans ma tête, était un peu dure d'oreille. Elle devait penser que j'avais de la difficulté à l'entendre parce qu'elle me parlait d'une voix tellement forte que tout le personnel de la pharmacie et les clients comprenaient ce qu'elle disait.

Scrutant les étalages de ses yeux gris, masqués derrière d'épaisses lunettes, elle ne trouvait pas ce qu'elle était venue chercher. Elle s'est tournée vers moi et a crié :

— Où sont les suppositoires pour *ton* mal de gorge, Henri ? Je ne les vois pas.

D'un geste de la main, j'ai essayé de lui faire baisser le volume.

— C'est Adam, mon prénom, madame. Et – en chuchotant – les suppositoires ne sont pas pour moi… C'est pour VOUS, le remède.

J'ai insisté sur le *vous* pour que les gens autour saisissent bien qu'il ne s'agissait pas de moi…

Petite, nerveuse, ridée de partout comme un raisin sec oublié sur le comptoir, Mme D. devait être âgée d'au moins cent dix ans. D'accord, peut-être un peu moins, mais à peine.

La dame au sourire espiègle a étiré le bras vers l'étagère et m'a remis une boîte rectangulaire sur laquelle on pouvait lire « Glycérine ». Ensuite, sans ajouter un mot, elle a continué ses emplettes dans l'allée.

— Merci beaucoup !

J'ai touché l'épaule de Mme D. pour lui montrer la solution pharmaceutique à son problème. Elle a examiné la boîte, elle l'a tâtée, puis elle l'a sentie. Oui, c'était la bonne.

Mme D. s'est exprimée d'une voix forte :

— Qui va m'aider pour le traitement ?

J'avais sans doute l'air horrifié ou terrorisé ou dégoûté, car la dame au sourire espiègle a rebroussé chemin. Elle a repéré un autre article et l'a donné à Mme D.

— Tu ne changeras jamais, Doris... Cesse d'incommoder ce jeune homme, lui a-t-elle dit, avec calme. Et prends des pastilles, c'est meilleur pour ta gorge et le goût...

Là-dessus, Mme D. a ricané.

On était au début de l'automne et la dame au sourire espiègle portait un chandail de laine beige, avec un motif de skieur ; deux lettres en rouge avaient été

tricotées côté cœur : « RW ». Ses initiales ?
Son groupe sanguin ?

— Ah ! Rhona ! Si on n'a plus le droit
de s'amuser avec les jeunes…, a bou-
gonné Mme D., lui tournant le dos.

Puis, elle s'est adressée à moi :

— Tu peux laisser faire, Adrien, pour
mon traitement. Par contre, il faudrait
que tu grattes mes cors aux pieds. Je te
donnerai – elle s'est mise à compter sur
ses doigts – euh ! dix sous pour chaque
pied !

Pourquoi suis-je tombé sur Mme D. ?

🍂

C'est à cause de mon enseignant de
sixième année, M. André, que j'ai ren-
contré Mme D. Je dis bien *à cause* et non
grâce à. Il y a une nuance ici…

Tous les finissants du primaire de
l'école Roger-LaBrèque ont un projet
pour l'année, un travail long à faire. Nous
devons faire la connaissance d'une personne âgée étrangère à notre famille,
dans le but de raconter sa vie par écrit.
Ce projet, au nombre indéfini de pages,

sera remis à M. André, au début du mois de juin. Il faudra aussi faire une présentation orale de notre sujet.

Notre enseignant a établi des règles assez sévères pour déjouer les petits malins. Il a exigé :

a) que la personne âgée choisie par l'élève demeure dans la ville et ne soit pas de sa parenté ;

b) que l'élève la voie au minimum cinq fois dans l'année ;

c) que, pour chacune des rencontres, l'élève produise un compte-rendu avec un résumé.

— Le but de ce travail, nous a-t-il indiqué, est de vous faire prendre conscience de la richesse de la vie traversée par chaque personne âgée.

Ma voisine de pupitre, Nadia Collard, a levé la main pour poser une question :

— Monsieur André, est-ce possible de changer de personne âgée en cours de route ?

L'enseignant a hoché la tête. Traduction libre : « Non ! Vous assumez votre choix. Allez vers des gens qui partagent

des goûts avec vous. Faites vos recherches! »

Les hochements de tête de M. André
étaient parmi les plus bavards de l'école
Roger-LaBrèque.

J'aurais dû l'écouter… Mes recherches
ont été plutôt brèves. Je me suis fié au
hasard d'une rencontre sur le trottoir…
Mme D. avait l'air gentille et elle a accepté avec empressement ma demande. Je
croyais avoir gagné le gros lot et j'ai enre-
gistré aussitôt sa candidature auprès de
mon enseignant, afin d'être certain qu'aucun autre élève ne me la vole… J'étais
convaincu de détenir LE sujet des sujets,
la personne âgée des personnes âgées…

Je devrais réfléchir parfois avant
d'agir… Ce mystérieux hasard ne fait pas
toujours bien les choses.

Dès notre première entrevue, Mme D.
a résumé sa longue vie en une trentaine
de mots :

— Je suis née ici, j'ai grandi ici, je me
suis mariée ici, j'ai élevé mes cinq enfants
ici, et ils sont tous partis à l'extérieur de
la ville, et j'ai mal à la gorge, j'ai besoin

de suppositoires. Accompagne-moi à la pharmacie, Denis…

— C'est Adam, madame Dufresne…

Quelqu'un pourrait m'expliquer le fait de soigner des maux de gorge avec un suppositoire ? Quel est le lien ? Vive les pastilles !

Mon « sujet » de projet scolaire m'a préparé tout un programme pour l'année à venir : ramasser les feuilles ; nettoyer les gouttières de sa maison ; couper le bois pour le chauffage ; pelleter la neige, de préférence avant l'école, à 7 h si elle veut sortir dans la journée, car elle n'a pas une minute à perdre ; gratter le gazon au printemps ; laver les vitres ; cirer la voiture (elle n'a plus le droit de la conduire ; c'est une décoration dans sa cour !) ; tondre la pelouse ; entretenir le terrain ; tailler les haies…

Au secours !

— Je t'ai fait une petite liste, recto verso, m'a-t-elle dit en me la tendant d'une main tremblante, mais non hésitante.

— Ton salaire pour ce travail…, a-t-elle commencé à m'expliquer.

J'ai eu une poussée d'adrénaline. Quoi ? J'allais être payé pour toutes ces tâches. Formidable ! Menton relevé.

— … ton salaire sera ma participation à ton projet.

Chute d'adrénaline. Épaules affaissées.

— C'est très généreux de votre part, lui ai-je dit en grinçant des dents.

CHAPITRE 2
Octobre

Je jette à la récupération la «petite longue» liste de Mme D., non pas par dépit ni par lâcheté. En réalité, j'aurais bien laissé tomber ces tâches avant, mais ma mère me rappelle sans cesse qu'il importe de terminer ce que l'on entreprend.

En fait, dans ce «dossier», il y a eu ce que mon enseignant, M. André, qualifierait de circonstance exceptionnelle. Mon «sujet» pour l'année a simplement quitté la ville pour aller habiter chez l'une de ses filles. Au revoir, Mme D.!

Toutefois, je me retrouve le bec dans l'eau. Je n'ai plus de personne âgée sous la main… M. André est catégorique dans son hochement de tête : «Tu ne t'esquiveras pas devant ton travail pour l'année, mon garçon. » Il me faut donc raconter la vie d'un aîné ou d'une aînée.

Je n'ai qu'une semaine pour régler mon problème. Je suis pris au dépourvu. Si chaque élève a son sujet, cela signifie probablement que *toutes* les personnes âgées de ma ville sont déjà retenues... Devant mes lamentations, ma mère estime que j'exagère.

— Notre ville est assez grande pour associer des personnes âgées et tous les élèves de toutes nos écoles, Adam, me fait-elle remarquer.

Mais c'est vrai ! Je l'observe d'un œil attentif... Et si elle devinait mes intentions...

— Eh ! mon garçon ! Je ne suis pas une personne âgée ! s'exclame-t-elle, les sourcils froncés.

— Non, mais d'ici la fin de l'année, le temps va passer et...

Le regard de ma mère est aussi éloquent que les hochements de tête de mon enseignant. Dommage, elle aurait pu représenter une solution d'urgence. À la limite, j'aurais pu expliquer à M. André qu'elle était une voisine. Il ne vérifierait tout de même pas l'identité de chacun de nos « sujets », après tout.

Soudain, je pense à cette dame au sourire espiègle, que j'ai aperçue à la pharmacie, celle qui a discuté un peu avec Mme D. Comment s'appelait-elle ?...

J'ai beau fouiller dans ma mémoire, je n'arrive pas à m'en souvenir. Pourtant, je n'ai pas oublié la marque de suppositoires de Mme D. : Glycérine. La mémoire est mal faite, si vous désirez mon avis.

La pharmacie est située au centre-ville, à moins de cinq cents mètres de mon école et de l'appartement où je demeure avec ma mère, rue Boulay. Le hasard, qui m'a abandonné une première fois avec Mme D., pourrait faire en sorte qu'elle et moi nous rencontrions à la pharmacie ; j'en profiterais alors pour lui demander sa collaboration à mon projet scolaire.

Malgré ses larges vitrines, le commerce ne permet pas d'avoir une vue d'ensemble sur toute sa surface intérieure. Je n'ai donc pas le choix : il me faut entrer.

L'atmosphère est feutrée. Les haut-parleurs diffusent une musique soporifique. Voulant me faire aussi discret qu'une souris, j'arpente les allées. Première constatation: c'est la semaine des rabais! Il y en a partout!

Mais je ne trouve pas de trace de cette dame dont le nom continue de m'échapper. Mes recherches s'avèrent inutiles; elle n'est pas ici. La futilité de ma démarche me rattrape à ce moment: quelles sont les chances qu'elle et moi soyons au même endroit en même temps? Quasiment nulles! Bravo, monsieur le génie!

Je dois surmonter ma grande timidité et aborder un employé de la pharmacie. Si la dame au sourire espiègle est une cliente régulière, j'ose croire que son nom est connu de quelqu'un dans la pharmacie.

Je patiente dans l'allée, devant une étagère de produits – des rabais! – que je fais mine d'évaluer, mais sans vraiment les voir, mon esprit étant ailleurs.

— Puis-je t'aider, mon garçon? s'enquiert une employée au visage osseux.

Je remets la boîte sur le socle de présentation d'où je l'ai tirée.

— Le remède contre les poux est à moitié prix cette semaine, m'annonce-t-elle, ennuyée.

Une seconde ou deux me sont nécessaires afin d'interpréter ce qu'elle m'a dit. Je sens mes jambes ramollir… De tous les articles de la pharmacie, pourquoi me suis-je arrêté devant *cette* étagère ? Ma figure est sûrement pourpre !

Je m'essuie les mains sur mon manteau d'automne sombre, pour en chasser la moiteur. Je lui apprends le but de ma visite et pour quelle raison il est important que je puisse trouver cette dame. Machinalement, je prends le bras de l'employée pour l'éloigner de cette étagère de malheur qui ne cesse de me plonger dans l'embarras.

— Elle a un beau sourire… de taille moyenne… plus mince que vous, je dirais… Elle est un peu plus âgée que vous également, mais à peine, à mon avis… avec un chandail de laine…

Les narines de l'employée frémissent alors qu'elle pousse un soupir, pareille à un taureau sur le point de foncer sur le matador et pas sur sa cape. Quoi? Elle n'a pas aimé la mention du chandail de laine? D'une poche de sa veste blanche, elle sort un stylo et une feuille. Elle y griffonne rapidement un nom et me la remet.

— Rhona...

Oui! Rhona! C'est ainsi que Mme D. l'avait interpellée. Je lis sa note.

— Rhona Wurt... Comment on dit son nom de famille?

— C'est Wurtele... comme dans *turtle*... tortue, en anglais. C'est elle-même qui me l'a expliqué la première fois où je l'ai appelée au comptoir.

— Et vous savez où elle habite?

— Ah! c'est facile, jeune homme.

Elle m'entraîne à l'extérieur du commerce.

— Au feu de circulation, tu tournes à droite, en direction de la gare, tu longes la voie ferrée et tu continues jusqu'au bout. La maison est voisine de la vieille église anglicane.

Ça alors ! Je réalise que Rhona Wurtele et moi demeurons dans la même rue, la rue Boulay. Tout à coup, je ressens un malaise. L'église anglicane… avec son cimetière, sur son terrain…

Je n'ai jamais osé y aller. On raconte que les lieux sont hantés.

CHAPITRE 3
Octobre - Première rencontre

La gare au centre-ville n'a plus sa fonction initiale depuis des siècles. Je n'ai pas souvenir qu'elle ait été autre chose qu'un kiosque d'informations pour les touristes et un comptoir de restauration et de rafraîchissements. Elle a belle allure. Les trains, bien qu'ils continuent à rouler au cœur de la ville, ne s'y arrêtent plus.

Même si c'est interdit, par ma mère et par les autorités, j'aime à marcher en équilibre sur l'un des rails. C'est ce que je fais en me rendant à la maison de Rhona Wurtele. Ce n'est pas loin. Si ce n'était de ces immenses pins qui entourent son domaine et qui semblent le protéger, je crois que je la verrais de la plate-forme de la gare.

— Ne parle pas aux étrangers, Adam, m'a recommandé ma mère avant mon départ.

Euh…

— Maman… C'est parce que je ne la connais pas, Mme Wurtele… C'est une étrangère…

— Adam, ce sera l'exception de ta journée, a répliqué ma mère.

Je n'ai pas le numéro de téléphone de Mme W. pour la prévenir de mon arrivée ; il n'était pas inscrit dans le bottin. Jusqu'à la dernière minute, j'ai espéré qu'elle sorte de chez elle et que je la croise dans cette rue sans trottoir. Cela m'aurait évité d'avoir à m'approcher de la maison. J'ai attendu en vain.

La portion de rue qui mène au domicile de Mme Wurtele n'est pas asphaltée. Avec une légère appréhension, je quitte la voie ferrée pour rejoindre la rue Boulay. L'automne ne s'est pas encore totalement installé et le temps est doux. Pourquoi alors est-ce que je frissonne sous mon manteau ? Une bourrasque balaie des feuilles jusqu'à mes pieds. Le cri d'un corbeau, perché sur une haute branche, prévient la propriétaire des lieux de ma présence. Il semble agir comme une sonnette d'alarme.

Mon imagination s'enflamme. À l'évidence, Rhona Wurtele sera disponible parce que personne n'ose s'aventurer dans cette partie de la ville, partie réputée hantée, dois-je le répéter?... Pourvu que M. André attribue des points supplémentaires à mon projet pour cause de danger d'outre-tombe.

Je passe en toute hâte devant la clôture qui bloque l'accès à la vieille église anglicane. Malgré cela, je ne peux m'empêcher d'y jeter un coup d'œil. Mon cœur se met à battre plus vite. Est-ce l'ombre d'un visage que je viens de voir apparaître à la lucarne de ce temple?

Les pierres tombales, placées de manière désordonnée, ajoutent à mon trouble. Des bruits de pas sur un tapis de feuilles et de branches mortes me font sursauter. Je devine plus que je n'aperçois réellement une silhouette sombre dans la forêt.

Est-ce une illusion d'optique ou quoi encore ?

Je m'empresse de me rendre à l'entrée de la demeure de Mme Wurtele. Son nom de famille a été gravé à la verticale sur deux blocs de pierre disposés de chaque côté de l'entrée de cour. Je pousse la grille basse qui, sans surprise, grince dans ses gonds : classique.

J'hésite quelques secondes. Le fait que la grille revienne d'elle-même se fermer suffit pour me convaincre de bouger.

Bien qu'il soit tôt en ce samedi après-midi, le domicile Wurtele, qui a l'air d'un

manoir, baigne dans l'ombre protectrice de nombreux arbres majestueux.

Sans trop réfléchir, je grimpe en courant les marches de la galerie et je cogne faiblement à la porte. Avec un peu de chance, Rhona Wurtele n'y sera pas ou ne m'entendra pas. Je déguerpirai et j'essaierai de trouver quelqu'un d'autre…

Du bruit provient de l'intérieur. Il y a quelqu'un.

La porte s'ouvre. Je reconnais le sourire espiègle de cette dame aux yeux marron pétillants, ce sourire qui m'avait charmé à la pharmacie. Elle a son beau chandail de laine beige, celui avec un motif de skieur.

— Oui ? Vous désirez, jeune homme ?

D'un souffle, je lui explique sans retenue mon projet. *Réciter* serait un verbe plus approprié. Je ne dévie pas d'un seul mot de mon discours préparé et répété la veille avec ma mère. C'est ma première et unique occasion de faire bonne impression.

Le doute s'installe dans son esprit. Ça y est : quelqu'un est passé par ici. Elle est déjà le « projet » d'un élève de ma classe. Je me tais finalement et j'attends sa réponse.

— Vous croyez réellement que notre vie pourrait vous intéresser à ce point? demande-t-elle, perplexe.

— C'est ce que j'aimerais découvrir...

Je sens son incertitude. À moi d'insister:

— Je pourrais couper du bois de chauffage, pelleter la neige, tondre votre gazon...

Elle balaie mes arguments du revers de la main.

— Merci, mais ce ne sera pas nécessaire. Nous sommes assez grandes pour faire tout ça nous-mêmes...

Bon! Elle parle d'elle-même à la première personne du pluriel!... C'est assez singulier.

Elle se recule et m'invite à entrer. Devrais-je laver son plancher de cuisine pour débuter?

— Veuillez vous asseoir, mon garçon...

— C'est Adam… Adam Beauvais, madame Wurt… euh…

Je crains de ne pas prononcer correctement son nom de famille. C'est délicat, car je ne souhaite pas l'offusquer. L'association de la femme à la pharmacie me revient : « Wurtele… comme dans *turtle*. » Allons-y :

— … madame *Wurturtle*…

Quelle maladresse ! *Wurturtle*… J'en rougis de honte et, de façon instinctive, comme pour me protéger, je rentre la tête dans les épaules, à l'image d'une vraie… *turtle* ! Une curieuse observation s'impose à moi : si je rajoute un *r* à tortue, le mot devient une véritable torture, ce que je subis présentement. La dame me réserve un sourire espiègle. Naturellement, elle s'est habituée à ce que son nom de famille soit « torturé » par le premier venu.

— Ah ! Vous pouvez m'appeler Rhona, Adam, me rassure-t-elle pour me libérer de mon embarras.

Elle n'a pas oublié mon prénom. Mme D. n'a jamais été capable de s'en souvenir.

Je prends place à la table de cuisine. Rhona m'offre un verre de jus d'orange et des biscuits qu'elle a cuits ce matin, une collation que j'accepte avec plaisir. Je lui confie que nous sommes presque voisins et que nous habitons la même rue, tout en lui avouant que je ne la connaissais pas.

— Nous aurons une ou deux choses à vous raconter en cours d'année…

De nouveau ce *nous*… Il faudra m'y habituer.

— Pas encore ! soupire-t-elle.

Rhona se penche pour ramasser un napperon de tissu, en forme de flocon de neige, tombé sur le plancher. Elle le place sous un vase de fleurs, qui décore la table.

Un bip résonne dans une pièce au loin.

— Excusez-moi, Adam. La laveuse. Ça ne sera pas long.

Elle emprunte un couloir et disparaît. Je consulte ma montre. Il est bientôt 15 h. Les biscuits sont délicieux !

La porte d'entrée s'ouvre et c'est… c'est elle ! Mais, cette fois-ci, elle porte un court manteau d'automne et une salopette. Elle me salue d'un sourire espiègle. Ses mains sont sales. J'en suis ébranlé.

— Mais... mais comment avez-vous fait ça ? Vous alliez à la salle de lavage il y a quelques secondes et là vous rentrez dans la maison, vêtue d'une... une salopette ! Quoi ? Il y a un passage secret dans votre manoir ?

La dame me regarde. Puis, elle se penche pour ramasser de nouveau le napperon de tissu tombé par terre... à cause du vent... Impossible, puisqu'elle venait tout juste de le glisser sous un vase de fleurs ! La dame remet tout en place. Puis, elle éclate de rire. Pas moi. Je ne vois pas ce qu'il y a de drôle.

Une voix derrière moi me fait bondir.

— Alors, Adam, vous avez fait connaissance ?

Je me retourne et j'aperçois... Rhona, dans son chandail de laine. Et, devant moi, il y a Rhona également, dans son manteau d'automne. Je vois double !

— Adam, dit Rhona-au-chandail-de-laine, je vous présente ma jumelle, Rhoda.

Celle-ci m'adresse un sourire, pareil à celui qui caractérise sa sœur : espiègle.

Les Wurtele sont deux : Rhona et Rhoda.

Savez-vous ce que cela signifie ?

Deux fois plus de travail !

CHAPITRE 4
Octobre (2)

À l'école, mon enseignant de sixième année, M. André, ne m'est d'aucune assistance.

— Ça ne sera pas plus de travail pour toi de te pencher sur le parcours des jumelles.

— Et si je les laissais choisir, à Roche-papier-ciseaux ? Ce serait intelligent de ma part, non ?

Comme ma mère l'avait fait la veille à mon retour du manoir des Wurtele, M. André fait la moue à ma suggestion et hoche la tête.

Mon voisin de pupitre, Vincent Gadner, se moque de mon offre de faire un échange, à l'image de cartes de joueurs de hockey.

— J'ai le sujet idéal : un monsieur qui a été détective. Je ne veux pas m'occuper de jumelles !

Et il rit de sa propre blague navrante avant de conclure :

— Tu vas trouver ton année interminable avec tes sœurs !

Je lui tourne le dos pour adresser la parole à mon autre voisine, Nadia. Ce qui m'agace, c'est que Vincent a raison ; je risque de m'ennuyer sérieusement d'ici le mois de juin.

— Tu pourrais avoir des surprises, Adam, m'encourage-t-elle sans trop y croire.

Il a été convenu avec Rhona et Rhoda que je pourrais me rendre chez elles lorsque je le désirerais. Il suffit de téléphoner avant, parce qu'elles sont assez occupées, ont-elles prétendu. D'accord. Je n'avais pas l'intention de les déranger dans leurs parties de cartes ou leurs promenades hebdomadaires ou leur sieste… Elles se sont regardées et, sans rien dire, ont éclaté de rire. J'ai dû faire une blague involontaire en parlant de jouer aux cartes au lieu de la pétanque ou de la marelle.

Elles n'habitent pas en permanence au manoir. Rhona demeure à Montréal et Rhoda, à Toronto. Chacune a sa famille. Le domaine Wurtele est le lieu de leur enfance où elles sont heureuses de se retrouver quand le temps et les circonstances le leur permettent.

Ni l'une ni l'autre ne souhaitent que je les appelle « madame Wurtele ». Toutes deux préfèrent que j'emploie leur prénom. Le problème, c'est que Rhona et Rhoda sont de vraies jumelles, de même taille, et avec le même sourire espiègle et la même voix. Par chance, elles ne s'habillent pas de la même façon. Je compte sur elles afin qu'elles m'aident à les distinguer.

— Je vais vous donner un truc, Adam, a déclaré Rhoda. C'est Rhona la plus vieille !

— Oui, mais de cinq minutes, a précisé Rhona.

J'en suis à ma première rencontre au manoir Wurtele (la précédente était une période d'échauffement). Si, au moins, elles m'accueillaient ensemble, cela me faciliterait les choses. Mais non. Une seule se présente à la porte.

— Bonjour, madame Rhoda…

— C'est Rhona, Adam, me corrige-t-elle.

J'avais une chance sur deux et je l'ai ratée ! Tout un départ… Bravo, monsieur Beauvais !

Je suis un peu nerveux. Rhona me reconduit au salon. En sortant le matériel de mon sac, j'échappe le contenu de ma pochette à crayons sur le plancher recouvert d'un épais tapis. Je me penche pour ramasser mes effets scolaires en m'excusant de ma maladresse, mais Rhona, vive et souple tel un chat malgré son âge, l'a déjà fait.

D'ailleurs, quel âge ont les jumelles ? Vincent, à l'école, m'a interrogé sur ce sujet. « Son » monsieur détective était droit comme un chêne, en dépit de ses quatre-vingt-deux ans. Je lui ai répondu que Rhona avait environ soixante-dix ans.

— Et sa sœur ?

— Euh… Vincent, c'est sa sœur jumelle ! Elles ont le même âge.

Il a grommelé une grossièreté avant de se concentrer sur la lecture d'une bande dessinée d'Astérix.

À l'appartement, ma mère m'a recommandé de ne pas demander leur âge aux gens…

— Encore moins leur poids, a-t-elle insisté, le regard sévère.

— Voyons, maman ! Pour qui me prends-tu ?

Discrètement, j'ai plongé le nez dans mon cahier de notes et j'ai rayé les deux premières questions pour les sœurs Wurtele…

Parlant de jumelles… Il en manque une moitié au salon où nous sommes assis, Rhona et moi.

— Rhoda est à l'extérieur, dans la forêt, raconte sa sœur, qui m'offre un biscuit qu'elle a cuit ce matin.

Comment puis-je refuser ?

Je perçois un bruit lointain de tronçonneuse. À l'arrière du domaine Wurtele, la forêt paraît s'étaler sur une longue distance.

— Un bûcheron coupe les arbres morts pour en faire du bois de chauffage ? dis-je à Rhona pour entamer la conversation.

Elle semble étonnée de ma remarque.

— Non, s'empresse-t-elle de me corriger. C'est Rhoda. Elle se fraie un chemin dans la forêt afin de faire du ski de fond cet hiver et de pouvoir s'entraîner.

Je souris, croyant à une blague. À son air sérieux, je découvre qu'il n'en est rien.

— Le manche de la hache est brisé et on travaille plus vite avec la scie à chaîne…

Elle se lève de son fauteuil.

— Je l'avertis de votre présence, Adam.

Évidemment, elle ne peut se tromper quant à mon prénom. Elle a une chance sur une !

Je la vois se diriger vers un couloir. Elle referme une porte derrière elle. Puis, plus rien… Patience. Silence.

La pièce est meublée et décorée sobrement. Au mur, j'aperçois une photo noir et blanc, dans un cadre. Deux personnes sont à l'avant-plan d'un paysage d'hiver montagneux. Ma curiosité me pousse à la regarder de plus près. Les deux dames, assez jeunes, posent fièrement dans un blazer orné d'une feuille d'érable. Je

reconnais ce sourire espiègle. C'est celui des Wurtele, les rides en moins, dans la vingtaine tout au plus.

Ont-elles représenté le Canada à un événement important ? Ce pourrait être sportif… avec les montagnes à l'arrière. On dirait des chalets de ski. Les jumelles ont-elles pratiqué le ski alpin dans leur jeunesse ? Ce serait formidable. Nous aurions un point en commun. Je ne suis pas très habile même si j'en fais depuis quelques années. Mais j'adore cela. Je les ferai parler de ce loisir qu'elles ont certainement dû abandonner il y a longtemps…

…

— QUOI ? QUI EST LÀ ?

Le cœur battant, je me lève de ma chaise. J'aurais pu jurer que quelqu'un venait de murmurer à mon oreille… J'en frissonne des pieds à la tête. J'ai l'impression qu'on m'observe…

Rhona n'est toujours pas revenue. Les jumelles, le projet d'année et les hochements de tête de M. André… tant pis, je ne demeure pas une seconde de plus ici, je m'enfuis le plus loin possible de ce lieu hanté...

Non! Quelque chose – une intuition? – m'incite à rester. Et si cette absence prolongée était due à un accident... Faudra-t-il me transformer en ambulancier? Que faire? Déguerpir ou aider?

Il serait sûrement préférable d'aller vérifier. Je serais en paix avec ma conscience et je dormirais la nuit, quitte à faire des cauchemars avec les fantômes du manoir qui me poursuivent...

Je me hâte de me rendre à la porte au bout du couloir. J'aboutis sur une large véranda qui procure une vue magnifique sur la forêt. À cet instant précis, je suis victime de vertige. Mais qu'est-ce qui m'arrive?

Je suis étourdi, comme si je me trouvais dans un tourbillon noir. Des étoiles brillent soudainement devant mes yeux et me forcent à m'asseoir dans un fauteuil pour ne pas m'écrouler sur le plancher. Au bout de quelques secondes, mon malaise se dissipe. Je me sens assez bien pour me relever et franchir la porte menant à l'extérieur.

Des éclats de voix attirent mon attention. Deux fillettes, d'à peine sept ou huit ans, courent sur le terrain.

— Dépêchons-nous !

Pas de trace de Rhona et de Rhoda ! Ces deux petites filles les ont probablement vues. Il me faut les rejoindre. Elles pourraient m'aider à retrouver les Wurtele.

Elles transportent sur leurs frêles épaules de gigantesques skis…

CHAPITRE 5
Octobre - Sur un tapis de feuilles mortes

En fin d'après-midi, quand je rentre à l'appartement, je ne prends pas la peine de saluer ma mère. Je n'ai pas faim. Je suis encore trop troublé pour avaler une bouchée au souper. Je rassure ma mère. Le mot clé de notre conversation est *devoir*.

— Pas tout de suite, maman, si ça ne te dérange pas. Je vais compléter mon devoir sur ma rencontre avec les sœurs Wurtele.

Elle accepte presque à contrecœur, malgré le mot magique.

— Quand tu auras terminé, profites-en donc, Adam, pour faire le ménage de ta chambre, me suggère-t-elle.

En vérité, j'essaie de mettre un peu d'ordre dans ma tête pour comprendre ce qui m'est arrivé…

Maintenant, par où commencer?

Par les deux fillettes qui se ressemblaient comme deux gouttes d'eau – pas comme deux flocons de neige, puisqu'il paraît que c'est impossible d'en trouver deux identiques.

Les fillettes babillaient et rigolaient, sans se préoccuper de moi qui marchais sur leurs talons; c'était assez pour croire qu'elles me jouaient un bon tour.

Elles avançaient rapidement dans la forêt, sourdes à mes questions:

— On va rejoindre vos grands-mères? Vos grands-tantes? Vos voisines? Vos… euh…

J'ignorais le lien qui les unissait aux jumelles Wurtele. Chacune transportait un long ski sur son épaule. C'était incompréhensible et insensé en plein bois. Leurs pas faisaient voler des feuilles tombées. Elles ne ralentissaient pas la cadence en dépit d'une pente ascendante. Elles connaissaient le chemin puisqu'elles se déplaçaient sans hésiter sur ce sentier de plus en plus escarpé.

Tout à coup, une évidence m'a frappé : le silence dans la forêt. À l'exception du babillage incessant des fillettes et du vent qui berçait les arbres, on n'entendait plus rien, pas même le bruit de la tronçonneuse, manipulée tantôt par Rhoda. Avait-elle terminé de travailler pour venir se joindre à nous pour l'entrevue ? À moins qu'elle n'ait été victime d'un malaise cardiaque… Mon cœur à moi bondissait dans ma poitrine, tant en raison de l'effort qu'à cause de l'énervement.

J'appréhendais le pire : Rhoda étendue sur un tapis de feuilles mortes, mal en point, avec sa sœur Rhona, penchée au-dessus d'elle, pleurant toutes les larmes de son corps. Pourrais-je me souvenir de mes cours de RCR de cinquième année ?

Mais nulle trace des jumelles W. à l'horizon…

Rendues au sommet de la colline, l'endroit le plus élevé du domaine, les fillettes se sont arrêtées pour contempler le panorama spectaculaire aux couleurs automnales. Devant elles, au pied de la colline, s'amorçait une longue pente bordée d'arbres.

Elles ont lâché un cri de joie, ont sautillé d'excitation. Qu'avaient-elles l'intention de faire avec leurs planches ?

J'ai eu ma réponse. Elles les ont placées sur le sol, de façon parallèle, comme le signe *est égal à* en mathématiques. Égal à quoi ? Elles n'allaient tout de même pas…

L'une des fillettes a enfilé de grossières fixations à ses pieds, ensuite l'autre l'a poussée.

C'était la chose la plus incroyable à laquelle j'avais assisté de ma vie : une enfant qui faisait du ski sur des feuilles mortes ! Elle ne descendait pas très vite, je l'admets, mais assez pour ne pas être ralentie. Sa course a pris fin une centaine de mètres plus bas.

Solide sur ses jambes, elle n'a jamais perdu l'équilibre. Sa maîtrise de ses longs skis, si je peux qualifier ainsi ces interminables planches étroites, m'étonnait, surtout à un si jeune âge.

Sa prouesse finie, elle a retiré ses skis et a jubilé. Sa belle humeur était partagée par l'autre fillette, toujours près de moi en haut de la colline. À coup sûr, ce n'était pas leur premier exploit du genre à cet endroit. Aussitôt, les deux se sont rejointes vers le centre de la piste. Enjouées, elles ont repris la direction du sommet pour permettre à l'autre de tenter sa chance.

J'étais, pour elles, le garçon invisible. Elles sont passées près de moi, comme si je n'existais pas, souriantes… Et c'est là que ça m'a frappé. Elles avaient le sourire espiègle que j'avais vu quelques minutes auparavant !

J'ai eu un vertige… Tout a recommencé à tourner autour de moi. J'ai dû m'asseoir dans l'herbe et les feuilles. Mais c'était confortable… J'ai ouvert les yeux… Et il y avait Rhona et Rhoda, près de moi.

J'étais étendu sur l'un des larges fauteuils de la véranda.

— Vous vous sentez bien, Adam ? m'a demandé l'une des sœurs.

— Vous vous êtes assoupi dans le fauteuil, a indiqué sa jumelle.

J'ai secoué la tête. Quoi ? J'avais rêvé ? Pourtant, cela me semblait si réel.

Je leur ai relaté ce qui tenait plus d'une vision que d'un songe... Elles m'ont confirmé qu'enfants, elles aimaient tellement le ski qu'elles ne pouvaient patienter jusqu'à l'hiver. Elles grimpaient la colline, qui domine le terrain, pour la descendre en skis sur un tapis de feuilles mortes...

— Vous aviez des questions pour nous ?

J'ai bafouillé quelque chose. Nous sommes retournés au salon. Ébranlé, j'ai déniché ma feuille dans mon cartable pour ensuite poser des questions sans réfléchir.

— Euh... quel âge avez-vous ?

Et sans vraiment écouter les réponses...

Avant que je m'en aille chez moi, Rhoda a choisi une photo dans un album à la couverture turquoise pour me la montrer.

— Voici Rhona en action…

Elle skiait sur un tapis de feuilles mortes. La jeune fille était identique à celle de mon rêve…

Mais qu'est-ce qui se passe chez les Wurtele ?

CHAPITRE 6
Novembre - Deuxième rencontre

Je ne parlerai pas de mon supposé rêve à mes amis à l'école, ni à mon enseignant, M. André, même si j'essaie de justifier auprès de lui mon désir de trouver un nouveau sujet pour le projet d'année.

— Il est trop tard maintenant, Adam. Tu assumes ton choix jusqu'au bout, tranche-t-il en hochant la tête.

Fin de la discussion… Je reviens à ma place, dans la classe, un peu découragé.

— Arrête de te plaindre, Adam Beauvais, me reproche ma voisine, Nadia.

— C'est facile de dire ça, Nadia Collard !

Elle rencontre chaque semaine une dame qui était responsable des desserts dans la cuisine d'un grand restaurant et qui occupe ses journées à lui mitonner des plats délicieux.

— Hier, j'ai goûté une tarte à la citrouille. Miam miam !

Elle se ferme les yeux pour mieux en savourer le souvenir.

— Il se produit des choses étranges dans le manoir des Wurtele, lui dis-je dans un chuchotement. Quand j'y étais, j'ai entendu des murmures.

— C'était peut-être ton imagination ? cherche à expliquer mon amie.

— Bouh ! hurle Vincent à mes oreilles.

La surprise me fait presque dégringoler de ma chaise. Crétin ! Lui, il rit à en perdre le souffle.

Le cœur du mois de novembre signifie mon deuxième rendez-vous avec les sœurs Wurtele, chez elles. Rhona et Rhoda sont dans la région pour effectuer des travaux dans la maison. Impensable d'éviter de tenir une rencontre ! Mon projet doit avancer. J'ignore à quoi m'attendre. J'ai préparé de nouvelles questions afin d'en découvrir davantage sur cette photo d'elles, dans un paysage d'hiver, accrochée à un mur de leur salon.

Il fait assez frisquet, suffisamment pour que ne fonde pas la première neige au sol tombée plus tôt dans la semaine.

J'accélère le pas à la hauteur du cimetière et de la vieille église anglicane. Dès que s'est su que j'allais au manoir du bout de la rue Boulay, les histoires les plus folles ont couru dans la cour de récréation. Évidemment, elles sont *toutes* parvenues à mes oreilles.

— Quand le train passe devant le cimetière, il paraît que les morts sortent de leurs cercueils pour se blottir près de la grille à l'entrée et le voir rouler…

— Pfff! Tu dis n'importe quoi, Vincent! Ce sont les vaches qui regardent les trains, pas les morts!

Un autre garçon, Bryan, un costaud qui a presque commencé à se raser, a soutenu que des élèves du secondaire de la classe de son grand frère ont fait le pari de traverser le cimetière à minuit.

— Ils ont eu si peur que, dans leur fuite, ils ont renversé des pierres tombales.

Ils ont été maudits pour le reste de leur vie ! a-t-il raconté.

— Dans leur fuite ? gronde Nadia. Dans leur *cuite*, plutôt ! Ils sont allés boire de la bière là-bas. C'est comme ça qu'ils ont fait tomber les pierres tombales. C'est affreux !

Ces histoires me reviennent au fur et à mesure que j'approche du manoir.

Heureusement, on n'est pas en fin de journée, sinon j'irais en courant, les jambes aux fesses ! Le cimetière et l'église me font frissonner chaque fois, tellement c'est lugubre. Je ne peux croire que les sœurs Wurtele arrivent à dormir la nuit à proximité d'un pareil endroit.

Pourquoi y ai-je jeté un coup d'œil à ce moment ? J'ai bel et bien vu une lueur étrange près d'un vitrail de l'église. Était-ce un feu follet, une âme errante, une illusion d'optique ? J'opte pour cette dernière explication. C'est la lumière d'un lampadaire de rue qui s'y reflète…

Erreur… Il fait jour et les lumières de rue ne sont pas encore allumées. Ce qui n'arrange rien, c'est qu'il n'y a pas de lampadaire aux abords de l'église !

— Eh, Adam !

Le cri fait stopper net mes pas. J'aperçois les sœurs Wurtele en train d'effectuer des exercices d'échauffement devant leur maison. Elles ont revêtu des combinaisons d'entraînement. Pourquoi délier ses muscles avant de se promener en marchette ? Quelle drôle d'idée ! Qu'ont-elles en tête ?

— Rhona se prépare pour le marathon et je fais un bout de course avec elle. Vous vous joignez à nous, Adam ?

— Un petit bout de course ou un grand bout ?

— Un petit bout… Dix environ, me répond Rhoda.

— Dix minutes ? Wow ! Vous m'impressionnez ! D'accord. J'arrêterai quand vous le voudrez…

Rhoda me corrige aussitôt.

— Pas dix minutes, Adam. Dix kilomètres ! Sinon, ça n'en vaut pas la peine.

Dix kilomètres ? Wow ! Elles m'impressionnent ! À l'école, j'ai couru en début d'année scolaire une épreuve de trois kilomètres. Je l'avais terminée sur les genoux, à la limite de l'épuisement. Là, il s'agit d'une distance trois fois plus longue…

— J'arrêterai quand vous le voudrez, Adam, me propose Rhona. Ou quand vous n'en pourrez plus…

Je laisse mon matériel sur la grande galerie du manoir. Le temps de me retourner et les sœurs sont déjà dans la rue. Je réalise que, d'ici, elles ont une vue imprenable sur l'église et sur son cimetière. Trois secondes plus tard, je les rejoins. La peur donne des ailes.

— Nous empruntons un nouveau trajet, me dit l'une des jumelles. On y va ?

Nous nous dirigeons vers la gare, à moins de cinq cents mètres du manoir Wurtele. En passant à la hauteur du cimetière, Rhona et Rhoda envoient la main à… Mais à qui ?

— Nous saluons nos fantômes chaque fois que nous quittons notre propriété, explique l'une des jumelles.

Puis, les sœurs échangent un sourire complice. Se moquent-elles de moi ?

J'émets un rire forcé, sans deviner si elles blaguent ou pas. Y a-t-il des fantômes au domaine des Wurtele, comme le veut la rumeur populaire ? Si la grille qui mène au cimetière et à l'église est fermée, est-ce pour empêcher les fantômes de sortir ? J'en fais la remarque aux sœurs.

— C'est pour empêcher les vivants de venir vandaliser l'église et le cimetière, indique tristement Rhoda.

— Nous avons eu des problèmes l'an dernier, résume Rhona, sans juger important de préciser sa pensée.

Je n'imaginais pas que l'action de ces jeunes crapules les avait affectées à ce point. Après un silence lourd de quelques secondes, où les jumelles paraissent replonger dans un épisode tragique de leur vie, Rhona et Rhoda recommencent à se parler de tout et de rien, au rythme d'un jogging, léger selon leur évaluation.

Devant mon logement, je fais un signe de la main.

— Vous avez vos fantômes, vous aussi, Adam ? s'amuse Rhona ou Rhoda.

— Mon fantôme, c'est ma mère ! dis-je en riant.

Lorsque nous arrivons vis-à-vis de la gare, nous rebroussons chemin vers le manoir.

Je préfère ne rien dire pour conserver mon souffle. Leur « jogging léger » est assez intense pour moi.

— Petit train va loin, se plaisent-elles à répéter.

Nous longeons la voie ferrée, qui est parallèle à la rue Boulay. Plutôt que de continuer au-delà de la demeure des Wurtele jusqu'au bout de la route, nous bifurquons dans la cour d'entrée en direction de l'arrière de la propriété. Je constate qu'un sentier a été aménagé dans la forêt à cette fin, probablement par Rhoda avec sa tronçonneuse.

Le niveau de difficulté augmente sensiblement avec une pente ascendante. Je connais ce chemin : il mène au sommet de la colline. J'y étais le mois dernier avec deux fillettes qui se ressemblaient telles deux gouttes d'eau…

Pour Rhona et Rhoda, l'énergie supplémentaire exigée pour grimper ne modifie en rien leur persistant babillage. Moi, je garde le silence et, pourtant, je ralentis! La distance s'accroît entre nous malgré mes efforts.

J'essaie de maintenir ma cadence, mais c'est impossible. Ces dames âgées sont plus en forme que moi. J'ai l'air d'un grand-père à leurs côtés. C'est ennuyeux pour un presque adolescent de l'avouer… J'aurais dû rouler en vélo de montagne, en dépit de la neige.

Au tournant du sentier, un bruit de craquement de branche attire mon regard: un chevreuil! Effrayé par ma présence, il bondit pour fuir au loin, comme s'il avait aperçu un fantôme.

Quand je ramène mon attention vers l'avant, je me retrouve fin seul… Je ne vois plus les sœurs Wurtele! Je ne les entends plus. Où sont-elles?

Je ne dois pas m'arrêter, sinon l'écart entre nous va se creuser encore plus.

Leurs pas dans la neige sur le chemin me rassurent un peu. Je n'ai qu'à suivre cette piste et je finirai bien par les rattraper un jour…

Mais… où sont les traces ? Disparues ! Les sœurs W. ont-elles emprunté un raccourci par la forêt sans que je m'en rende compte ?

Le vent se lève et secoue les arbres dénudés de feuilles autour de moi. C'est trop risqué de sortir du sentier. Malgré la fraîcheur de novembre, j'ai chaud sous mes vêtements et ce n'est pas en raison de ma récente activité physique.

Soudain, des voix se font entendre plus loin. Il s'agit de voix de jeunes filles et d'un garçon, en sérieuse discussion, si j'en juge leur ton.

Dès que j'atteins le sommet de la colline, je suis frappé de stupeur.

Tout a changé ! Où suis-je ?

Un immense tremplin a été aménagé pour le saut à skis dans la première partie de la pente. Et je vois deux filles qui ont l'intention de tenter leur chance à s'élancer dans le vide !

Three Rivers Ski Club
Ski jump – 1930

CHAPITRE 7
Novembre - Entre ciel et terre

— Il n'en est pas question, se fâche le jeune homme.

Il roule les épaules, cherchant à impressionner de sa forte stature ces filles de mon âge. Celles-ci ne s'en laissent pas imposer. Cette démonstration d'autorité ne les intimide pas; elles veulent n'en faire qu'à leur tête.

D'où je suis, à une dizaine de mètres de la scène qui se déroule près du tremplin à skis, je les vois gesticuler des bras et taper du pied dans la neige. Cette neige qui recouvre le sol en abondance fait croire qu'une grosse bordée ne s'est abattue que dans ce seul coin de pays, épargnant les environs. L'hiver, et non la fin de l'automne, est au cœur de ce paysage.

Construit à flanc de colline, le tremplin est une charpente de bois haute d'au moins deux étages. Il a l'air instable puisqu'il oscille au moindre coup de vent. Et les filles veulent y grimper pour sauter, malgré les avertissements du jeune homme !

— Wally ! hurle l'une d'elles. Tu n'as pas le droit de nous en empêcher !

— Tu n'es pas notre père ! insiste l'autre.

— Mais je suis responsable de vous en tant que grand frère ! soutient-il.

— Tu penses plutôt comme un grand-père ! riposte la première, ce qui fait rire la deuxième.

Des applaudissements fusent plus bas ; un garçon vient d'atterrir au pied de la pente, en toute sécurité.

— Wally, si Andy O'Brien a été capable de sauter, on peut le faire nous aussi. Il a notre âge, lui signale l'une des fillettes. La seule différence, c'est qu'il est un garçon !

— Oui, renchérit l'autre. Tu as dit qu'il était le pire sauteur que tu aies vu de ta vie !

Piégé par ses propres paroles, Wally boude et se croise les bras sur la poitrine.

— Alors, Wally ? l'implorent les filles. Tu sais à quel point c'est fantastique de s'envoler de là-haut. On veut essayer, nous aussi !

Je peux comprendre les arguments des deux côtés. D'une part, la prudence devrait guider le grand frère et, de l'autre, il n'y a pas de raison d'empêcher ses petites sœurs de participer à cette activité sous prétexte qu'elles ne sont pas des garçons.

C'est à ce moment que Wally m'aperçoit. Il s'avance vers moi.

— Qu'as-tu à me dévisager comme ça, toi ?

Euh…

— Ben… je suivais les filles et…

Une voix s'élève derrière moi.

— Hé ! Laisse donc tes sœurs tranquilles, Wally ! Elles sont meilleures que la plupart des garçons, même les plus vieux…

Il y a eu erreur sur la personne. Wally ne s'adressait pas à moi, mais au garçon qui se tenait debout, près de moi. Tout à coup, j'ai un doute : est-ce qu'il me voit ?

— Pourquoi tu souris comme ça, Émile ? demande-t-il.

Le garçon hausse les épaules. Wally tourne la tête et découvre que ses sœurs ont entrepris de grimper sur le côté de la structure de bois, les skis fixés dans leur dos.

Wally proteste, sauf qu'il ne convainc personne.

— Vous n'avez pas le droit !

Il se penche vers le garçon près de moi et lui chuchote :

— Tu es témoin, Émile. Elles ont profité de mon absence pour désobéir…

— Euh… oui, répond le garçon.

Wally ne l'écoute plus. Il est préoccupé par ses jeunes sœurs qui, avec agilité, sont presque rendues au sommet de la tour.

Un violent coup de vent balaie la charpente et risque de faire tomber les filles. Wally retient son souffle. Une chute d'une telle hauteur pourrait être fatale. Mais les sœurs s'agrippent fermement à la structure de bois, déterminées à atteindre leur but.

Une clameur marque leur arrivée sur la plate-forme. Il y a des dizaines et des dizaines de personnes réunies pour voir le saut à skis. Les filles, avec un sourire espiègle, les saluent de grands gestes de leurs bras, comme pour dire: «Nous y sommes, regardez-nous!»

Je cours derrière Wally pour obtenir un meilleur point de vue du saut. À l'avant du tremplin, je suis en mesure d'observer l'action de plus près.

— Il n'y a encore jamais eu de fille qui ait sauté de là-haut en skis, annonce Wally, fixant ses sœurs au sommet de la plate-forme.

Elles sont prêtes. Malgré la distance qui nous sépare, je peux affirmer que les filles ne montrent aucun signe de nervosité. Dans le silence pesant qui précède leur saut, on les entend rire aux éclats.

— Si elles hésitent, commente Wally, c'est parce qu'elles ne sont pas capables de décider qui partira en premier.

— C'est parce qu'elles ont peur ! croit quelqu'un parmi les gens agglutinés près de Wally.

— Tais-toi, Andy O'Brien ! C'est parce que chacune veut donner la chance à l'autre d'y aller.

Un cri d'excitation – et non d'effroi – jaillit de la plate-forme. La foule est frappée de stupeur : les sœurs, chaussées de skis trop longs pour elles, ont choisi de s'engager en même temps sur la rampe en se tenant par la main, à l'image de deux enfants qui se jettent dans une piscine.

Wally détourne le regard. Pas moi.

Au fur et à mesure qu'elles descendent le tremplin, les traits de leurs visages se précisent. L'air complètement détendu, elles s'amusent comme de petites folles.

— Youpi ! hurlent-elles de plaisir.

Puis, elles lâchent leurs mains pour le saut. Elles bondissent de la rampe avec

une puissance et une assurance insoup-
çonnées.

Entre ciel et terre, les deux sœurs
volantes demeurent solides dans leur
position aérienne. Il n'y a pas de panique.
Il n'y a que du bonheur, comme lorsqu'on
a la tête dans les nuages.

Oh! Est-ce une illusion d'optique, un
geste volontaire de leur part ou une
simple coïncidence? Alors que les filles
s'approchent du sol, leurs skis s'écartent
légèrement vers l'avant et, ainsi, créent
une pointe à l'arrière. Filant côte à côte
dans les airs, on pourrait jurer qu'elles
viennent de former, avec leurs skis, la
lettre W, comme dans *Wurtele*!

Leur vol ne dure que quelques secondes. L'atterrissage se fait en douceur;
elles parviennent à maintenir leur équilibre avec leurs bras en parallèle.

Les hourras fusent de partout pour
célébrer leur exploit. Les filles sont aussitôt entourées et félicitées, tant par les
sauteurs que par les spectateurs. Quelques
voix discordantes s'élèvent, jugeant que
ce n'est pas féminin comme sport, et que

les filles seraient mieux de se contenter de regarder faire les garçons et de les admirer.

— Tais-toi, Andy O'Brien! ordonne Wally.

Mais ses propos sont noyés dans le concert d'éloges que reçoivent les sœurs.

Une fois l'agitation diminuée, elles doivent essuyer les remontrances de Wally. Bien qu'il fasse mine de les gronder, il ne trompe personne : son attitude est celle d'un grand frère, fier de la réussite de ses deux petites sœurs. Et soulagé aussi…

— On rentre à la maison ? dit-il à ses sœurs.

— Pas du tout ! s'offusque l'une d'elles. On recommence, Rhona ?

— Oui, Rhoda ! s'exclame l'autre.

Et les jumelles Wurtele repartent en courant vers le tremplin, transportant leurs très longs skis.

CHAPITRE 8
Décembre - Troisième rencontre

Avec l'arrivée du mois de décembre, un temps froid et plusieurs centimètres de nouvelle neige au sol, c'est la course aux cadeaux de Noël. Il s'agit d'un véritable marathon pour certains.

Pour les sœurs Wurtele, c'est aussi la course, mais un peu différemment. Car Rhona et Rhoda s'entraînent pour participer, en janvier, à un marathon de ski de fond... une « bagatelle » de quelque cent douze kilomètres sur deux jours.

Les jumelles ne cessent de me surprendre. J'en découvre davantage sur elles à chacune de nos rencontres.

Ma course aux cadeaux n'est en fait qu'un petit trot, comme le cheval dans la chanson, celui avec les grelots, qui cavale à travers les coteaux. Mes achats se résument à peu de chose : un parfum pour ma mère, parfum qu'elle m'a fortement suggéré, et une boîte de chocolats pour les sœurs W. afin de les remercier de leur collaboration à mon projet. C'est modeste, mais de bon cœur.

À deux semaines de Noël, je les retrouve au manoir Wurtele, décoré simplement, tant à l'extérieur qu'à l'intérieur. C'est curieux qu'avec la neige, le cimetière et l'église anglicane paraissent moins menaçants. Un jour, je prendrai mon courage à deux mains et je demanderai aux deux sœurs de me faire visiter les lieux. Un jour… Mais pas aujourd'hui.

Que dois-je attendre d'elles ? Des explications ? Par quel prodige puis-je voir et vivre ces événements survenus à une autre époque dans la vie des sœurs ? Sont-elles des magiciennes ou des spécialistes de l'hypnose et de l'illusion ? Ou alors le passé habite-t-il cette maison, ce domaine et tout ce qui touche de près les jumelles, et me plonge et replonge au cœur de leurs souvenirs et de leurs expériences? Cela fait beaucoup de questions sans réponse.

Le mois dernier, lorsque les deux filles sont reparties vers le haut de la pente, chacune avec de longs skis sur une épaule, j'ai voulu les suivre. Toutefois, j'ai glissé sur la neige et j'ai chuté. J'en ai perdu le souffle. Des mains m'ont agrippé les bras pour m'aider à me relever doucement: il s'agissait des sœurs Wurtele, mais elles n'étaient plus jeunes... Elles revenaient sur leurs pas pour rentrer au manoir et m'ont trouvé ainsi étendu sur le sol.

Cet après-midi, Rhona et Rhoda sont assises en face de moi au salon. Embarrassé, je sors le cadeau de mon sac à dos afin de le leur remettre.

— Désolé pour l'emballage...

Je ne voulais pas du coup de pouce de ma mère... Le résultat final m'a rappelé le peu d'aptitudes que j'ai pour le bricolage. Elles le déballent immédiatement. Tout ce travail pour si peu...

— Merci, Adam! me disent les jumelles, ravies.

Elles me proposent de partager avec elles un morceau de chocolat. Puis, d'un air complice, elles se lèvent de leurs fauteuils pour s'engouffrer dans une pièce attenante. Vont-elles une nouvelle fois disparaître ou m'entraîner ailleurs ?

Elles reviennent au bout de quelques secondes. Elles n'ont pas changé d'une ride… Rhona ou Rhoda tient une paire de skis ornée d'un chou rouge, et Rhoda ou Rhona, une paire de bottes.

— Un très joyeux Noël, cher Adam ! me souhaitent-elles en me remettant ces cadeaux.

Quoi ? Est-ce pour moi : ces skis neufs paraboliques et ces bottes neuves ? C'est trop ! J'en suis bouleversé. Je n'ai toujours eu que des équipements de ski usagés. Ma mère, avec les faibles moyens dont elle disposait, accomplissait des miracles pour parvenir à me payer des skis, qu'elle dénichait dans des bazars. Cet hiver, j'avais fait une croix sur ma saison puisque mes bottes et mes skis étaient devenus vraiment trop petits – ou j'étais devenu trop grand.

En dépit de mes hésitations, Rhoda n'en démord pas :

— Le plus beau cadeau que vous puissiez nous faire, Adam, c'est d'accepter, dit-elle.

Et moi, avec ma boîte de chocolats…

— Vous aimeriez les essayer ? me demande Rhona, l'œil pétillant.

— Tout de suite ?

— Oui ! répond Rhoda.

Il y a ensuite eu un éclair blanc, aveuglant, et j'étais rendu ailleurs…

Mes yeux prennent quelques secondes pour s'habituer à cet environnement éblouissant. Toute cette neige… J'aurais eu besoin de mes lunettes de ski. Il fait froid, et c'est venteux au sommet de la montagne.

Je ne suis pas seul, même qu'il y a foule autour de moi. Ma vue s'améliore. Des silhouettes, d'abord imprécises, se révèlent ensuite à moi. Nous sommes un groupe d'une vingtaine de skieurs, en forte majorité des hommes. Comment est-on arrivés ici ? Je n'en ai aucune idée. Il n'y a pas de remonte-pentes. Est-ce en hélicoptère ? Impossible : il y a trop d'arbres dans les alentours pour qu'un tel appareil y atterrisse.

J'ai ma réponse un peu plus bas quand j'aperçois des skieurs qui gravissent la montagne à pied pour nous rejoindre ! À pied !

Le long de la pente, de courts arbres ébranchés servent de fanion sur la piste, probablement pour une compétition de slalom.

Parmi notre groupe, je cherche deux fillettes identiques comme des gouttes d'eau, mais je découvre plutôt deux ado- lescentes... Cette seule présence fémi- nine détonne et semble en déranger certains.

— Pfff ! À quoi les responsables ont- ils pensé de laisser des garçons manqués courir contre les hommes ? crache l'un avec mépris.

Il attend son tour pour s'exécuter sur la piste. Au-dessus de lui, une large ban- derole claque au vent, sur laquelle on peut lire : « Coupe Taschereau – Mont-Tremblant ». On est dans les Laurentides, au Québec.

— Tais-toi, Andy O'Brien ! lui dit sèchement un grand gaillard.

Celui-ci est aussitôt interpellé par les jumelles.

— Hé ! Wally ! On est capables de s'occuper de nous, dit Rhoda.

— Ouais ! Tais-toi, Andy O'Brien ! lui ordonne Rhona.

Comment puis-je savoir qui est qui ? Leur prénom est inscrit sur leurs mitaines. C'est idéal pour les différencier.

— Je vais vous avaler tout rond, les *Twinkies* ! prédit Andy O'Brien.

Le concurrent s'élance. Impatiente, Rhoda le remplace aux portillons de départ.

— Avec moi, Rhona !

— Je te suis, Rhoda !

Elles foncent l'une derrière l'autre, à quelques secondes d'intervalle. Sans hésiter, je m'envole à mon tour sur la piste afin d'avoir les sœurs à l'œil. Je suis intrigué de découvrir de quelle manière elles skient.

Au terme de ma descente, qui n'a pris que quelques minutes, je n'ai qu'un seul adjectif en tête pour décrire leurs performances : « merveilleuses » !

Oui, elles sont merveilleuses, les sœurs W !

Plus d'une fois, je manque de les perdre de vue, tellement Rhona et Rhoda vont vite. Loin devant moi, elles

se faufilent entre les portes avec grâce, puissance et maîtrise, sans crainte, en dépit des nombreuses plaques de glace.

À mon grand plaisir, elles ont pu rejoindre et distancer le fameux Andy O'Brien, celui-là même qui dénigrait la participation des filles à cette compétition. Il a été si surpris d'être rattrapé aussi facilement par Rhoda, puis par Rhona, qu'il a atterri hors des sentiers, enfoncé dans la neige jusqu'à la taille.

Quand je suis passé près de lui, j'ai fait ce que tout gentilhomme qui se respecte aurait fait à ma place : je l'ai salué.

La portion la plus spectaculaire de la piste était un tremplin à une centaine de mètres de l'arrivée en bas de la pente, saut que j'ai évité, bien sûr. Jamais les filles n'ont ralenti. Elles ont bondi l'une à la suite de l'autre, leur corps accroupi, les mains à la hauteur des skis, hurlant leur joie entre ciel et terre.

Lorsqu'elle a touché terre, Rhoda a failli perdre pied avec une jambe encore en l'air, presque à la hauteur de l'épaule.

Malgré cela, elle est parvenue à se redresser sur ses deux skis pour achever le parcours en beauté, suivie de près par Rhona.

Les joues rougies par le froid, les sœurs respiraient le bonheur. Qui a gagné ? J'ignore quelle est la méthode des juges pour évaluer le temps des coureurs, mais je réalise que Rhoda l'a emporté, juste devant Rhona, et le reste des gars, soit des dizaines de concurrents !

Oui, merveilleuses jumelles Wurtele !

— Vous skiez comme des hommes ! tranche Andy O'Brien, dans un commentaire oscillant entre la jalousie et l'admiration.

— C'est un compliment de sa part, traduit Wally, le grand frère.

— On y retourne ? dit Rhona à sa sœur.

— Oui ! approuve Rhoda.

Les voilà qui retirent leurs très longs skis, faisant presque une fois et demie leur taille, pour reprendre l'escalade de la montagne. Elles aiment à ce point leur sport qu'elles ne peuvent s'arrêter. Je m'écrie :

— Attendez-moi! Attendez-moi!

Évidemment, elles ne m'entendent pas. En plus, je suis incapable de bouger, comme si je venais de geler debout tel un bonhomme de neige qui voit tout en blanc.

En un éclair, je reviens dans le salon des Wurtele!

CHAPITRE 9
Janvier

La rentrée des classes à l'école Roger-LaBrèque s'effectue au ralenti pour tout le monde. Il n'y a pas d'études ce matin, décrète M. André, le teint basané par son séjour hivernal au soleil.

Il invite ses élèves à parler de vacances et de cadeaux… Presque tous les jeunes ont eu un ou des cadeaux de leurs « nouveaux vieux » amis. Vincent, mon voisin de pupitre, a reçu de son détective des menottes.

— Je les ai essayées, sans réfléchir, et mon détective avait oublié où étaient rangées les clés… Heureusement que sa femme s'en souvenait, elle…

Nadia a eu pour cadeau un gâteau maison à la crème de chocolat et un livre de recettes.

— J'ai fait des desserts en sa compagnie entre Noël et le jour de l'An. C'était génial… et si bon ! Et toi, Adam ? dit-elle comme pour m'inciter à prendre le relais.

Ma brève hésitation à décrire mon expérience devant la classe encourage Vincent à répondre à ma place :

— Adam a eu une paire de jumelles !

Un garçon plus loin renchérit à propos d'un stéthoscope que lui a donné son « sujet », un ex-docteur retraité. Une fille, Nancy, a pour « sujet » un ancien maître postier, passionné de philatélie. Vincent ne se gêne pas pour s'en moquer.

— C'est un timbré, ton bonhomme !

M. André, d'un seul hochement de tête, l'envoie se calmer dans le couloir.

L'homme a offert à Nancy un ensemble pour démarrer une collection de timbres. Depuis, elle consacre plusieurs heures à ce loisir.

La générosité de Rhona et de Rhoda à mon égard me paraît immense. Je préfère faire diversion et simplement annoncer que je suis allé faire du ski pendant les vacances, ce qui relance la discussion sur une autre voie.

Je n'ai parlé à personne des étranges histoires qui marquent mes rencontres avec les sœurs W. De toute façon, c'est si fantastique qu'on ne me croirait pas. Moi-même, j'ai de la difficulté à *me* croire…

Et Rhona et Rhoda dans tout ça ? Leur collaboration est idéale pour mon projet scolaire. Par contre, elles demeurent aussi mystérieuses qu'elles sont merveilleuses, lorsque vient le temps de sortir du cadre normal de la… hum !… réalité. Ou elles esquivent mes gros points d'interrogation, ou bien elles restent vagues.

Je ne veux pas être impoli ou me faire insistant. Le jour où elles accepteront d'aborder franchement le sujet, je tendrai l'oreille. Et, je dois l'avouer, je commence à vraiment apprécier l'expérience, au point d'avoir hâte à notre prochain rendez-vous. C'est très excitant. Quelle surprise m'attend au manoir Wurtele ? Où vais-je me retrouver avec elles ? Et… quand ?

Ce ne sera pas au mois de janvier, malheureusement pour moi. Rhona et Rhoda sont à l'extérieur de la province pour un marathon de ski de fond de cent douze kilomètres, qui est tenu sur deux journées. Ma mère croyait que j'avais mal compris, que ce devait être douze kilomètres… Déjà, 12 kilomètres en ski de fond, c'est suffisant pour moi. Ma mère était dans l'erreur : c'était bel et bien cent douze kilomètres !

J'ai droit à une carte postale, dans les semaines suivantes, en provenance de l'Ouest canadien, avec une photo d'elles prise au cœur des Rocheuses.

— Elles pensent à toi, même en vacances, fait remarquer ma mère.

En vacances ? Elles ont participé à un marathon de ski de fond et ma mère qualifie le tout de vacances ! Cette fois-ci, elle a vu juste. Au dos de la carte postale, les jumelles ont écrit un court message : « Autre séjour magnifique dans les Rocheuses. Beaucoup de neige. Beaucoup de ski. Au plaisir de vous revoir en février ! »

Et c'était signé : « R. et R. » Rhona et Rhoda ? Ou Rhoda et Rhona ?

Il y a un post-scriptum : « Nous avons gagné le relais en tandem au marathon, dans notre catégorie. Vive les vacances ! »

— Tu vois, Adam, me dit ma mère, qui a lu la carte par-dessus mon épaule. Elles sont en vacances !

CHAPITRE 10
Février - Quatrième rencontre

Il fait froid aujourd'hui : «moins vingt degrés Celsius avec le facteur vent», ainsi que l'a expliqué l'animateur à la radio. Dans ma classe, au cours de l'hiver, plusieurs jeunes se rendent à l'école à pied, pas de tuque sur la tête, pas de mitaines aux mains, et en espadrilles. Non qu'ils soient trop pauvres pour en acheter, mais, je dirais plutôt, parce qu'ils sont trop crétins pour en porter.

— Ce n'est pas cool ! a affirmé Vincent pour justifier son choix.

— Tes oreilles sont tellement rouges qu'on croirait qu'elles vont tomber, lui a signalé Nadia.

— Ouais, ça, ce serait cool ! ai-je ajouté pour me moquer.

Je préfère avoir les cheveux en bataille et l'air moins cool, mais être à l'aise. Le pire, c'est que Vincent, pour se donner des allures de gars cool, se promène avec une tuque sur la tête en plein été !

Le temps froid qui sévit ce samedi après-midi ne m'effraie pas. J'ai seulement peur pour les piles de mon appareil photo. Par chance, le trajet entre le manoir Wurtele et notre appartement, rue Boulay, est court. Les piles ne devraient pas trop souffrir dans mon sac à dos.

L'appareil photo, qui appartient à ma mère, est nécessaire, parce qu'il fait partie de notre devoir de la fin de semaine qui consiste à prendre une photo de nous avec notre « sujet »… Dans mon cas, il s'agit de *mes* « sujets ».

Dans mon sac à dos, j'ai glissé aussi une boîte de chocolats – je suis très original, n'est-ce pas ? – pour souligner leur exploit au marathon de ski de fond. C'est également pour chercher à ce que mes cadeaux équivaillent à leur cadeau de Noël, un équipement de ski alpin. Je sais que je n'y parviendrai jamais, pas cette année en tout cas ; il me faudrait dévaliser la confiserie du quartier pour ce faire.

Je franchis la distance au pas de course, mon visage protégé par un épais foulard, tricoté par ma grand-mère et reçu à Noël. Elle m'en fabrique un chaque année, une maille à l'endroit, une maille à l'envers, ainsi que des pantoufles et des mitaines...

Ma mère, une dame au fait des règles de l'étiquette, me rappelle qu'il est impoli d'être en retard à un rendez-vous. Elle me dit cela et qu'on ne dépose pas les coudes sur la table. Je finirai bien par comprendre un jour.

Elle ne m'a rien dit, par contre, à propos du fait d'arriver trop tôt. J'ai si hâte de revoir les sœurs W. que je me présente au manoir une vingtaine de minutes avant l'heure prévue, en ce deuxième samedi de février.

Je croise une souffleuse en train de déblayer les entrées des maisons dans la rue Boulay. La tempête de vendredi, qui ne nous a tristement pas privés d'école, a laissé un bon dix à quinze centimètres de neige.

Le cœur léger, je passe en sifflotant devant l'église anglicane et le cimetière dont les pierres tombales sont, pour la plupart, invisibles puisqu'elles sont recouvertes de neige. Une fois dans la cour du manoir Wurtele, j'aperçois les deux sœurs affairées à m'ouvrir un chemin jusqu'au manoir avec leurs pelles. Elles y vont avec entrain, fougue et rythme.

— Bienvenue chez nous, Adam ! me lance joyeusement Rhona ou Rhoda.

Je suis incapable de déterminer qui est qui après quatre mois… Alors, imaginez-les avec foulards et tuques qui leur masquent une grande partie du visage. C'est une « cause » perdue.

— Bonjour, madame Wurtele !

C'est le seul stratagème auquel j'ai pensé pour ne pas me tromper, même si elles désirent que je les nomme par leurs prénoms.

Je m'engage dans le sentier où elles ont pelleté la neige spécialement pour moi lorsqu'elles se mettent à gesticuler et à crier :

— Arrêtez ! On n'a pas besoin de vous !

Je suis sous le choc ! Quel accueil ! Elles, qui sont d'ordinaire si gentilles, sont soudainement hostiles à ma présence. Que leur ai-je fait ? Pourquoi pareille attitude ?

Un grondement m'apporte la réponse : la souffleuse a entrepris de déblayer l'entrée menant à la maison.

L'une des sœurs se précipite vers le conducteur qui coupe son moteur pour l'écouter. Il paraît étonné, hoche la tête et quitte l'endroit pour aller travailler ailleurs.

— C'est aimable de sa part. Mais il nous prive de notre exercice quotidien, s'explique Rhona ou Rhoda.

— Il a compris ? demande sa sœur.

— Non ! rigole l'autre.

— Venez à l'intérieur, Adam, m'invitent-elles.

C'est bizarre. Je n'avais pas considéré le pelletage de neige comme une activité physique.

Je dévoile aux sœurs Wurtele ce que j'espère d'elle.

— Les deux ensemble ? dit Rhona ou Rhoda.

J'acquiesce d'un signe de tête. J'ai appris à regarder faire mon enseignant, M. André, « maître » dans le domaine des hochements de tête bavards.

— Ce sera bien la première fois, s'amuse l'une des jumelles.

Sans doute qu'on leur a demandé mille fois dans leur vie de les photographier toutes les deux.

— Avec moi entre vous deux, leur dis-je. C'est pour le projet de l'année.

Sur une table du salon, j'installe mon appareil photo que je mets à la fonction « Photo à retardement ». Les sœurs sont déjà assises sur le canapé avec une place libre entre elles. Une porte se referme lentement à moins de trois mètres de moi, sans aucune raison… Il n'y a pas l'ombre d'un courant d'air. Je cherche une réponse auprès des jumelles qui haussent les épaules. Elles sont visiblement habituées à ce genre de manifestations…

Un petit frisson me parcourt l'échine. J'éprouve de nouveau cette sensation d'être non pas menacé, mais observé, comme si nous étions plus que trois dans la pièce… Mon cœur bat plus rapidement.

— Jurez-moi que c'est un courant d'air, leur dis-je sur un ton suppliant.

— C'est pour ne pas que l'on nous dérange, Adam, signale Rhona.

Ma main tremblante s'approche pour appuyer sur le déclencheur automatique.

— J'espère qu'il n'y a personne entre vous deux, Rhona et Rhoda, leur dis-je avec un sourire forcé.

L'idée de m'asseoir sur les genoux d'un fantôme m'effraie.

— Je l'ai prié gentiment de vous céder la place, fait remarquer Rhoda, le sourire espiègle.

Voilà, on a dix secondes. Quand je m'installe entre les jumelles, je m'excuse à voix haute…

— Désolé du désagrément…

Je ne dois pas oublier de préciser qui est à ma droite et qui se trouve à ma gauche sur le canapé. Mais, sur la photo, ce sera le contraire. Qui est qui ? Rhona ou Rhoda ? À gauche ou à droite ?

Bon ! C'est encore plus embrouillé rien qu'à y penser.

— Souriez, Adam ! me recommande Rhona ou Rhoda, voyant ma mine songeuse.

— Oui !

Je montre mes dents. Il y a un grand éclair blanc, éblouissant.

Et je ne suis plus dans le salon des Wurtele, mais à la base d'une immense montagne.

CHAPITRE 11
Février (2)

Il a suffi du banal éclair d'un appareil photo, le mien, pour que je sois propulsé ailleurs. L'air froid pique mes joues. Ailleurs, c'est dehors. Je suis chaudement vêtu. Sur ma tête, j'ai un chapeau… de fourrure ! Ça alors ! Je ne peux envisager qu'on ait tué un animal afin que sa peau réchauffe mes oreilles. Une tuque aurait fait le travail.

La vue de cette très haute montagne me confirme que nous sommes loin du domaine des Wurtele. Autour de moi, les skieurs parlent abondamment l'anglais. On est dans les Rocheuses ? Aux États-Unis ?

Une bribe de conversation entre deux hommes évoque le Vermont. Où est le Vermont ? Au Canada ? Aux États-Unis ?

Mes notions de géographie sont plutôt limitées.

Ce n'est pas tant où l'on est présentement qui me préoccupe, que le pourquoi d'y être. Quel est cet épisode marquant dans la vie des jumelles qu'elles désirent me faire vivre ?

Je sautille sur place, car mes orteils commencent à geler.

Il y a des applaudissements… Une skieuse vient de traverser le fil d'arrivée. L'annonceur communique les résultats de la concurrente.

— *Gaby Pleau : four minutes and ten seconds.*

Mes connaissances sommaires de l'anglais me permettent d'évaluer la performance en durée, cette dernière valant à Mme Pleau le premier rang au tableau des meneuses.

— *Here comes number 120, Rhoda Wurtele.*

Surgie du creux d'une pente, elle bondit dans les airs, accroupie, telle une fusée. Son apparition spectaculaire soulève des cris parmi la foule.

Les cris ne se taisent pas, car derrière, sa sœur Rhona exécute la même figure, à la même vitesse fulgurante, comme si les jumelles avaient été catapultées d'une gigantesque fronde.

Rhoda franchit la première le fil d'arrivée. Elle freine et cela projette un nuage de neige vers le public. À ce moment, voilà que fonce à son tour Rhona, qui pratique des mouvements identiques à ceux de sa sœur. On aurait dit que j'assistais à la reprise d'une même course !

Au bas de la piste, les chronométreurs se consultent. Ils relaient ensuite l'information à des officiels qui la transmettent à l'annonceur.

— *Rhoda Wurtele, number 120 : four minutes and seven and a half seconds.*

Elle devance la meneuse, Gaby Pleau. Celle-ci, pas le moindrement déçue, se rend auprès de Rhoda pour la féliciter. Il règne une belle camaraderie entre les participantes à cette compétition.

— *Rhona Wurtele, number 121 : four minutes and seven seconds.*

Rhona est première et Rhoda, deuxième.

Ce qui suit restera gravé dans ma mémoire. Les sœurs se sautent dans les bras et bondissent de joie. Peu leur importe qui a gagné, car l'honneur est partagé par l'autre. Je suis convaincu que leur réaction aurait été identique si le contraire s'était produit, si Rhoda avait terminé la course devant Rhona. J'étais excité par leur exploit et touché par leur attitude. J'aime ce que je découvre des jumelles.

Les Wurtele devaient être les dernières concurrentes puisque la remise des médailles débute alors que les gens se massent près du podium.

Rhona reçoit la médaille d'or, Rhoda, la médaille d'argent, et Gaby Pleau, la médaille de bronze.

Après la cérémonie, les spectateurs se pressent autour des jumelles pour les féliciter. Les sœurs sont appréciées de tous et de toutes, même de leurs adversaires.

Un grand homme s'approche d'elles. Il leur serre la main avec respect.

— Mesdames, leur dit-il d'un ton solennel, soyez fières de représenter le Canada aux prochains Jeux olympiques.

Cette course servait de sélection pour l'équipe olympique canadienne de ski alpin. Rhona et Rhoda ont réussi à s'y tailler une place.

J'essaie de me faufiler jusqu'à elles, mais le groupe forme un mur difficile à percer. Patience ! La brèche se crée lors de la prise de photos des deux sœurs, avec la formidable montagne à l'arrière-plan.

— Souriez, les filles !

Tandis que les photographes emploient leurs appareils photo pour immortaliser l'exploit des skieuses, je me précipite pour aller les rejoindre. Tout à coup, j'aboutis aux deux sœurs. Quand j'y repense, je me trouve effronté… Il serait toujours possible de mettre cette erreur sur le compte de ma jeunesse et d'un trop grand élan d'enthousiasme.

Je n'ai pas l'occasion de leur dire un seul mot. L'éclair des appareils photo m'éblouit et, l'instant d'après, me voilà sur le canapé… dans le salon au manoir Wurtele.

À mon retour aux côtés des sœurs Wurtele, je mets quelques secondes avant de réagir. Je résiste tant bien que mal à la formidable envie de les féliciter de leur exploit passé, mais très récent pour moi…

Je sais maintenant de quoi je parlerai dans mon prochain rapport pour le projet scolaire. Pour enrichir son contenu, j'ose demander aux jumelles si elles ont une photographie de leur compétition de sélection pour les Jeux olympiques.

Rhona se lève du fauteuil pour aller chercher l'un de ses albums à la couverture turquoise, et Rhoda trouve rapidement la fameuse photo noir et blanc...

Complices, les sœurs n'expliquent rien. Elles ne m'adressent qu'un sourire, un sourire espiègle. Est-il nécessaire de le préciser ?...

CHAPITRE 12
Mars - Cinquième rencontre

L'hiver tient bon dans mon coin de pays, même si nous en sommes dans les derniers jours de la saison selon le calendrier. La semaine a été marquée par une grosse tempête de neige, jeudi. Mais elle a frappé la région trop tard dans la journée et s'est éteinte trop tôt dans la soirée. Si bien que, dès le lendemain matin, les rues étaient libérées de la neige, les autobus pouvaient circuler aisément et les élèves maugréaient.

En ce vendredi de mars, à la veille de ma rencontre mensuelle avec les sœurs W., les jumelles demeurent dans mes pensées. À la demande de M. André, mon enseignant, j'ai apporté des photos de Rhona et de Rhoda, en ma compagnie, sur le canapé au manoir Wurtele.

Mais ce ne sont pas ces photographies que je montre d'abord à Vincent.

— Wow! Tu parles de belles filles! s'exclame-t-il. Admire ce sourire! Ce sont tes petites amies? Dis, j'aimerais en avoir une…

Je refuse catégoriquement:

— Une photo? Dans tes rêves! On me l'a prêtée.

— Non, Adam! réplique-t-il. L'une des filles! Je me vois avec ses bras autour de mon cou…

— Tu rigoles, Vincent? Elle devrait se pencher pour être à ta hauteur.

Mon amie, Nadia, pouffe de rire. Vincent n'a rien d'un géant. Je lui présente la photographie suivante, celle où je suis assis entre les deux jumelles. Il fait un pas en arrière.

— C'est qui, ces deux *madames*-là? Tes grands-mères? Les copines de ton grand-père? Les…

Je lui coupe la parole, excédé par ses âneries. Je lui remontre la première photo.

— Ce sont les mêmes personnes, avec une cinquantaine d'années d'écart. Voici Rhona et Rhoda Wurtele.

— Les photos sont magnifiques, Adam, tant celle d'hier que celle d'aujourd'hui, commente M. André, qui circule dans les rangées de sa classe.

— Ce sont elles, tes jumelles ? réalise Nadia, ravie. Elles sont adorables !

— Plus que tu ne le crois, Nadia. Tu vois le costume qu'elles portent ? C'est parce qu'elles allaient représenter le Canada aux Jeux olympiques d'hiver en Suisse.

Un élève, qui ne se mêle pas de ses affaires, veut savoir en quelle année avaient eu lieu ces Jeux.

— Euh… Je devrais le découvrir bientôt…

Pour faire dévier la conversation, je leur montre une dernière photo des sœurs, celle prise lors de la remise des médailles. Et j'attends la suite.

Vincent n'y jette qu'un bref coup d'œil alors que Nadia l'examine plus attentivement. Elle affiche maintenant une mine perplexe.

— C'est curieux, Adam… Le garçon qui apparaît sur la photo te ressemble un peu…

Elle attrape Vincent par la peau du menton pour obtenir son avis. Il en grimace de douleur. À son tour, il regarde la photo et un gros point d'interrogation se dessine sur ses traits simiesques – car Vincent n'est pas que petit, il a aussi l'air d'un babouin…

— Mais c'est vrai, ça ! On dirait que c'est toi, Adam ! As-tu remonté le temps ?

Je préfère garder le silence. En effet, la photo est un peu floue, sauf qu'avec un peu d'imagination, on pourrait penser que c'est moi sur cette photo prise il y a un demi-siècle…

Je me réjouis de les revoir, ces chères Rhona et Rhoda. Ma joie se lit sur mon visage parce que Vincent et Nadia le remarquent.

— Bien, quoi, les amis ? Vous ne seriez pas excités de savoir que vous allez aux Olympiques ?

Si on avait eu de l'école samedi, je serais resté avec ma mère. Il ne neige pas. Toutefois, il vente terriblement, ce qui engendre une poudrerie infernale. Les routes sont impraticables. Me rendre chez les Wurtele, cet après-midi, exige un effort soutenu; j'affronte un vent de face. Jamais une distance aussi courte ne m'aura paru aussi longue.

Le pire, c'est que j'ai failli dépasser le manoir W. en raison de la poudrerie qui m'aveuglait. Les arbres immenses qui ceinturent le domaine forment une apparente barrière de protection contre la fureur des éléments. Par contre, ces arbres qui dansent et qui craquent ainsi ne me rassurent guère.

Je constate, avec soulagement, que les sœurs ne sont pas en train de faire... de l'exercice, une pelle à la main. Peu importe, la tâche aurait été inutile, puisque le vent pousse et repousse fréquemment la neige et engendre des lames qui traversent la cour. C'est bien beau, l'exercice au quotidien, sauf qu'il est préférable d'espérer une période d'accalmie pour travailler efficacement.

D'ordinaire, j'ai à peine posé le pied sur la galerie que Rhona ou Rhoda a déjà ouvert la porte d'entrée. Mais là, il n'y a personne. M'ont-elles oublié ? Ont-elles dû partir à cause d'une urgence ?

Je suis sur le point de m'en aller quand je vois un bout de papier à l'intérieur de la fenêtre : « Nous sommes dans l'église en train de repeindre le plafond. Venez nous y rejoindre. R. et R. »

J'observe les contours de l'église anglicane, contours rendus indistincts par les bourrasques de neige. Pour l'atteindre, je dois traverser le cimetière. Et le vent qui augmente et qui, à la danse et aux craquements des arbres, ajoute des hurlements...

C'est sinistre. Surtout, il ne faut pas réfléchir.

Le sentier a été pelleté jusqu'à l'église. La neige a envahi certaines parties. Tête baissée, j'avance le plus vite possible.

Afin de savoir la distance qu'il me reste à parcourir, je lève les yeux… Eh ! Bonne nouvelle : je suis presque à destination ! Encore quelques mètres et…

Une épouvantable rafale soulève un nuage de neige autour de moi. Je cesse de marcher et j'attends que tout s'apaise. Je cache mon visage dans mes mitaines pour le protéger du vent et du froid.

J'éprouve de la difficulté à respirer. Mon cœur bat rapidement. Je frôle la panique alors que le phénomène s'éternise.

Oh ! Un coin de ciel bleu au-dessus de ma tête !

Courage ! Je n'ai plus le choix : je décide de bouger et de foncer les bras devant. Le vent redouble d'intensité, comme s'il ne voulait pas que je lui échappe. Je sens une porte au bout de mes doigts. Je la pousse de toutes mes forces…

La tempête se termine aussi brusquement qu'elle a débuté.

Je ne verrai pas tout de suite les sœurs Wurtele à l'œuvre, pinceau à la main, dans leur église.

Je vais plutôt les applaudir en train de skier aux Jeux olympiques.

Je suis arrivé… Dans un hôpital?

CHAPITRE 13
Mars - Le récit de Rhoda

Ce coin de ciel bleu aperçu tandis que j'étais au cœur des rafales de neige, je le vois toujours, à partir de la fenêtre d'une chambre d'hôpital. Toutefois, ce ciel n'occupe pas mon champ de vision, dominé en majeure partie par les montagnes spectaculaires des Alpes.

Je me retrouve à Davos, en Suisse, pour les Jeux olympiques d'hiver de Saint-Moritz, ceux de 1948. Aucune surprise de ce côté : les murs sont tapissés d'affiches.

La vraie surprise, et elle est de taille, c'est de découvrir Rhona et Rhoda en train de discuter, la première sur son lit d'hôpital, la deuxième à son chevet, une jambe dans le plâtre et appuyée sur des béquilles… On peut m'expliquer ce qui est arrivé? Non, bien sûr... Je vais l'apprendre par moi-même.

Une femme s'assoit près de Rhoda, au pied du lit de sa jumelle. Rhoda arrête de tricoter un chandail de laine et l'accueille avec intérêt. La visiteuse n'est pas une infirmière; elle sort un calepin de notes et un crayon de son manteau: il s'agit de Myrtle Cook, une journaliste du *Montreal Daily Star*, déléguée pour suivre les Olympiques. Elle a entendu parler de l'accident de ski de Rhoda et elle désire s'enquérir de son état de santé.

Au fur et à mesure que Rhoda raconte son histoire, la scène se déroule dans ma petite tête, de la même manière qu'un film. Les images sont très claires, ce qui est très troublant.

L'événement navrant est survenu lors d'une séance d'entraînement en compagnie d'autres concurrents. Le but était de se familiariser avec la piste et les conditions de glisse.

Le groupe de skieurs dévalait la pente. Brusquement, l'un d'entre eux a bifurqué devant Rhoda...

Je crie :

— Attention !

Oh ! Je me suis laissé emporter par l'action… Près du réel, dites-vous ? Personne dans la chambre n'a réagi. Rhoda continue comme si de rien n'était, et moi, je me confine dans mon rôle de spectateur.

Donc, un skieur a dévié subitement devant Rhoda. Elle a cherché à l'éviter. Ce faisant, elle a perdu l'équilibre et le contrôle de ses skis. Elle est tombée violemment.

Étourdie, elle s'est relevée avec peine, mais a été incapable de poursuivre l'entraînement, à cause d'une vilaine blessure : une fêlure à l'os de sa cheville droite.

— Une semaine avant les Olympiques, soupire Rhoda.

Il lui était impossible de se rétablir à temps pour la compétition.

— Le médecin m'a dit que je pourrais être du défilé des athlètes pour la cérémonie de fermeture. Mince consolation, ajoute-t-elle. Mais il y a pire dans la vie…

La journaliste, le nez rivé sur son calepin, secoue la tête.

— Et les cheveux ? Des séquelles de votre accident ?

Rhoda s'esclaffe. Je n'avais pas remarqué qu'une partie de sa chevelure était abîmée sur le côté.

— C'est moins glorieux que ça... Pour nos vingt-six ans, l'équipe canadienne nous a préparé un gâteau d'anniversaire. En soufflant les chandelles, je me suis un peu trop rapprochée et... mes cheveux ont pris feu...

Rhona, dans son lit, éclate de rire :

— Pendant que les gens nous chantaient *Bonne fête*, nous, on luttait pour éteindre ses cheveux !

Myrtle Cook sourit et la remercie en déplaçant sa chaise pour s'intéresser maintenant au cas de Rhona, qui, elle aussi, a la jambe droite plâtrée et un gros bandage sur la tête...

CHAPITRE 14
Mars - Le récit de Rhona

Alors que Rhoda s'empare de son tricot, c'est l'heure pour Rhona de livrer ses expériences à la journaliste, Myrtle Cook.

En dépit de l'accident de sa jumelle, Rhona a entrepris de descendre la piste, le lendemain, toujours à l'entraînement.

—C'était la première fois que je skiais sans ma sœur, précise-t-elle à la journaliste.

Tandis qu'elle filait à vive allure, elle a heurté une pierre enfouie sous la neige. Sur le coup, elle a perdu son ski qui lui a frappé l'arrière du crâne. Rhona a subi une profonde entaille au cuir chevelu. Sa casquette ne l'a pas protégée…

Je frémis à la seule idée de pratiquer le ski sans casque. À l'époque, personne n'en portait.

Tout comme sa sœur, Rhona a été conduite à la clinique.

— Quand le médecin m'a vue, il s'est exclamé : « Encore vous ? » Il pensait que j'étais Rhoda, qu'il avait soignée la veille ! dit-elle avec un rire franc.

La journaliste lui demande si le bandage est le résultat de l'accident ou bien si ses cheveux ont aussi pris feu…

— La plaie a été recousue…

Je tente d'ignorer la scène qui se déroule actuellement dans ma tête.

— … mais le chirurgien avait oublié un éclat de plastique dans mon cuir chevelu… Quand je me suis réveillée, la plaie était infectée ; mon visage et mon cou étaient si enflés que j'étais incapable d'ouvrir les yeux. Avec la médication et une deuxième opération, ça allait un peu mieux…

On lui a administré de la pénicilline pendant près d'une semaine avant les Jeux. Malgré tout, elle a pris part à la première journée de compétition aux Olympiques.

Chancelante, loin d'être au sommet de sa forme, elle a réussi à descendre les trois quarts du parcours. Mais la pente se terminait par un virage, suivi d'une remontée soudaine. Il ne lui restait plus de force ni de concentration. Rhona a été catapultée dans les airs pour aboutir dans un ravin rempli de neige. Elle a entendu un craquement, pareil à une branche d'arbre qui casse.

— Je croyais qu'il s'agissait de l'un de mes skis, note-t-elle à l'intention de la journaliste. Mais je m'étais trompée...

Ébranlée, Rhona est parvenue tant bien que mal à ressortir du ravin pour compléter la course qui lui aura fait voir des étoiles.

La douleur était si vive qu'au bas de la piste, elle a perdu connaissance. On l'a transportée sur une civière jusqu'à l'hôpital où on a diagnostiqué une fracture à une cheville.

Un lien étrange existe entre les deux jumelles, victimes d'une blessure similaire, sur la même piste… Elles ont été unies jusque dans le malheur, au pire moment, alors qu'elles auraient pu briller de tous leurs feux et démontrer leurs talents à la face du monde.

Ces tragiques événements vécus par Rhona et Rhoda me bouleversent. Rater ainsi les Olympiques, qui devaient être le couronnement de leur carrière, à cause de si bêtes accidents : c'est injuste et triste à en pleurer.

— On a toujours eu de la chance, rappelle Rhoda, qui pose son tricot sur ses cuisses.

— Ce n'était pas le cas aux Olympiques, philosophe Rhona.

Une infirmière entre dans la pièce et prie Myrtle Cook de sortir. Elle se dirige vers le lit de Rhona et tire le rideau devant moi. Aussitôt, une autre main écarte le rideau. Une forte odeur de peinture me monte à la tête.

— Vous venez nous donner un coup de pouce, Adam ? dit Rhona ou Rhoda.

Les jumelles sont vêtues d'une salopette… Pinceau à la main, elles sont au pied d'un échafaudage qui s'élève jusqu'au plafond. Là-haut, sur la plateforme, leurs deux filles, Margie et Nancy, sont déjà à l'œuvre.

Le rideau tiré était plutôt une couverture qui protégeait l'un des bancs de l'église anglicane.

Sans un seul mot, ému, je m'approche des sœurs Wurtele et je les serre contre moi...

CHAPITRE 15
Mai - Sixième et dernière rencontre

Mon réveille-matin hurle à 5 h 30. Ma mère hurle à 6 h, parce que je dors encore et que les sœurs W. viennent me chercher en voiture ; je jouerai une ronde de golf très matinale en leur compagnie.

Le terrain de golf est situé à l'extérieur de la ville. Donc, on ne peut pas s'y rendre à pied ou à vélo. À 6 h 30 tapant, une voiture se stationne devant le logement. Avec le sac de golf de mon père – c'est bien la seule chose qu'il m'ait laissée lorsqu'il nous a quittés, qui avait un peu de valeur –, je vais rejoindre Rhona et Rhoda. Laquelle des jumelles est au volant ? Il me faudrait consulter son permis de conduire pour le découvrir.

En montant à l'arrière, je me retiens de rire. À l'école, l'autre jour, Vincent a raconté une anecdote délirante sur son détective retraité. La veille, en début de soirée, il devait l'accompagner pour assister à une partie de cartes chez des amis. Il s'agissait d'une petite promenade en voiture de cinq ou, au pire, dix minutes. Il y avait du brouillard et le détective s'est trompé de route. Il est sorti de la ville…

L'homme a roulé et roulé des heures durant, jusque tard dans la nuit, répétant sans cesse à sa femme, assise à ses côtés, et à Vincent, qu'il savait où il s'en allait. Il ne s'est pas immobilisé à une station-service pour obtenir des indications routières. Il y a eu une seule pause dans cette incroyable « odyssée », une pause « pipi » pour son épouse sur le bord du chemin, en pleine campagne. La femme a perdu l'équilibre quand elle s'est accroupie et elle est tombée sur le derrière, dans le gravier. Puisqu'elle est assez corpulente, Vincent et le détective l'ont aidée à se remettre sur ses pieds.

Ils se sont retrouvés, à quatre heures du matin, au fond d'un rang sans issue. Le détective à la retraite n'avait plus le choix. Il a dû ravaler son orgueil de « mâle dominant », selon son épouse. Il a cogné à la porte d'une maison pour déterminer où il était vraiment.

Une heure et demie plus tard, Vincent rentrait enfin chez lui ! Son père, mort d'inquiétude, avait téléphoné aux policiers.

Quelle histoire !... qui a bien fini... sauf pour le détective qui a dû se soumettre à un nouvel examen de conduite.

J'ai espoir d'être à l'abri d'une telle mésaventure avec les sœurs Wurtele. Une fois arrivés au club de golf, sans nous être égarés, nous sommes accueillis par une dame qui complète notre quatuor. Elle s'appelle Gaby Pleau, elle aussi une ancienne championne de ski. Le nom ne m'est pas étranger... Oui ! Ça me revient. C'est celle qui a terminé troisième à la sélection canadienne pour les Olympiques de 1948.

— C'est avec plaisir que je vous revois, madame Pleau, lui dis-je en serrant sa main.

— Ah! On s'est déjà rencontrés? s'étonne-t-elle.

Quelle maladresse! Je jette un coup d'œil aux sœurs Wurtele qui sourient de façon espiègle.

— Euh... Je veux dire... euh... J'ai tellement entendu les jumelles vanter vos exploits que c'est comme si je vous connaissais...

— Rhona et Rhoda m'ont également parlé de vous, et toujours en bien, Adam, répond-elle en inclinant la tête.

Le préposé aux départs nous propose d'utiliser les voiturettes électriques pour le parcours de dix-huit trous. Les joueuses déclinent poliment l'offre.

— Nous préférons marcher, dit Rhona ou Rhoda.

Nous voilà sous un soleil de plomb, anormalement chaud pour un mois de mai, à jouer au golf à l'aube. Les sœurs W. sont à l'aise sur le terrain. Elles optent pour la précision à défaut de la puissance.

Jamais elles ne ralentissent le pas; j'ai intérêt à ne pas traîner.

La ronde terminée, les sœurs me reconduisent à la maison afin que je me douche et que je change de vêtements. Ce soir, à ce même club de golf, un hommage sera rendu à Rhoda et à Rhona.

Deux places nous ont été assignées, à ma mère et à moi, lors de ce banquet organisé par l'Alliance des moniteurs de ski du Canada. On célèbre l'intronisation prochaine des sœurs Wurtele au Panthéon des sports du Québec. En plus de leurs exploits à titre d'athlètes, elles ont été monitrices accréditées, depuis 1938, d'une école de ski dans les Laurentides. Elles ont ainsi transmis leur amour et leur passion pour ce sport à des milliers de jeunes et d'adultes.

Bien qu'elles soient au centre de toutes les attentions, Rhona et Rhoda interrompent une discussion pour s'avancer vers nous et nous saluer.

— C'est un geste délicat de leur part, remarque ma mère, sous le charme Wurtele.

Au cours du repas, des gens se succèdent au microphone pour mettre en lumière les faits importants de leurs brillantes carrières. Ma mère est très impressionnée.

— Dis donc, Adam, tes jumelles, ce sont de très grandes athlètes, estime-t-elle.

Mes jumelles… C'est drôle.

Je profite d'une pause entre le plat principal et le dessert pour me rendre aux toilettes. En descendant l'escalier, je rate une marche et je me sens tomber…

L'instant d'après, je suis pris d'un atroce vertige. Je me trouve au sommet d'une tour d'au moins cinquante mètres, dos au vide.

— Alors, on y va? dit une femme devant moi.

Est-ce Rhona ou Rhoda?

— Quand tu voudras ! annonce l'autre à sa gauche.

Eh ! Mes pieds sont emprisonnés dans une gaine reliée à une longue corde… Non, pas une corde… Un gigantesque élastique. Nous sommes dans une tour de saut à l'élastique et je suis au bout de la plate-forme ; je fais face aux jumelles W.

J'ai la sensation que mon cœur est sur le point de sortir de ma poitrine : moi qui crains les hauteurs.

— C'est ton deuxième saut aujourd'hui, Rhona ?

— Oui, Rhoda, parce que c'est gratuit ! s'amuse sa sœur.

À l'opposé des événements précédents, les jumelles ne paraissent plus jeunes. Je pourrais affirmer que cette scène de jadis me semble au présent et trop réelle à mon goût.

— Maman !

Elles foncent vers moi, comme pour m'entraîner dans leur saut. Mais elles me passent au travers du corps et se précipitent en hurlant de joie. Je reste si surpris que je me sens attiré vers l'arrière avec l'impression d'être aspiré par le vide…

Quelqu'un m'attrape de justesse par le bras. L'intervention d'un homme qui me suivait permet d'éviter que je m'écrase de tout mon long sur le plancher, dans le couloir conduisant aux toilettes.

Je suis de retour au club de golf.

Chancelant, mais heureux d'avoir pu esquiver l'épreuve du grand saut, je reviens à ma place aux côtés de ma mère. Plus tard, au cours de l'hommage aux sœurs W., hommage qui se poursuit pendant une heure, une dame rapporte que pas plus tard que la semaine dernière, Rhona et Rhoda ont fait un saut à l'élastique…

CHAPITRE 16
Juin

Hum… Hum… Je m'éclaircis la gorge. La nervosité risque de me faire parler tel un canard.

C'est toujours ainsi quand je m'adresse à la classe. Ce matin, je présente un extrait du rapport de mon projet d'année. J'avale ma salive. J'ai la bouche sèche. Je passe et repasse ma langue sur mes dents, en espérant qu'il ne reste plus de miettes du délicieux carré à la guimauve que tous ont pu goûter à l'issue de la présentation de mon amie Nadia. Un régal sur toute la ligne !

Vincent s'est permis une blague d'un goût douteux au sujet du tour de taille de Nadia.

— C'est ce qui arrive quand on dévore des desserts à l'année…

Ses propos lui ont valu la réprobation générale. Et Nadia l'a privé… de dessert !

Nous sommes notés pour l'expression orale – quinze pour cent – et pour la production écrite – quatre-vingt-cinq pour cent. La mienne compte, en tout, plus de dix pages. Il y a tant à dire sur les jumelles et tant à écrire…

J'y vais :

« Je me rends compte que mes rencontres avec Rhona et Rhoda ne m'ont pas suffi pour parvenir à les distinguer. Même après tout ce temps, j'en suis incapable. Impossible également pour le garçon de sixième année que je suis de réaliser tout ce que les jumelles ont pu faire dans leurs vies si riches.

À l'invitation de Margie et Nancy, les filles de Rhoda et de Rhona, je suis retourné au manoir, en l'absence momentanée de leurs mères, afin de visiter une pièce que l'on a consacrée à leurs exploits.

Il y avait là une montagne de rubans, de médailles et de trophées, signes de leur

domination en ski alpin, des années 1930 à 1950. Durant leur dernière décennie en compétition nationale et internationale, soit de 1942 à 1952, elles ont remporté, l'une et l'autre, cent vingt victoires !

J'ai pu aussi feuilleter plusieurs albums où étaient rassemblés des articles de journaux sur les jumelles. À leur époque, elles étaient les athlètes les plus connues du Canada, mais elles sont trop modestes pour s'en vanter devant moi.

Avec ses vieux équipements de ski, ses photos et toutes ces reconnaissances, ce local, en dépit de son espace restreint,

constitue pour moi un véritable musée
voué aux sœurs Wurtele... »

Je fais une pause et je jette un coup
d'œil à la fenêtre. Il me reste une page à
lire. Si mes mains pouvaient cesser de
trembler, cela ne paraîtrait pas que je suis
terrifié.

Dans la seconde partie, j'évoque en
particulier leur présence aux Jeux olympiques et les nombreuses prouesses de
leurs jeunes années jusqu'à nos jours.

De nouveau, je regarde à la fenêtre.
Ce n'est pas pour chasser ma nervosité. Il
n'y a rien qui attire mon attention pour
l'instant. Je consulte l'horloge : 10 h 20.

— Concentre-toi, Adam, me prie
mon enseignant, M. André, avec infini-
ment de patience.

Je conclus :

« Rhona et Rhoda sont des modèles
pour tout le monde : jeunes, adultes et
personnes âgées. J'ai été honoré de les
connaître. Merci... »

Comme il est possible de poser des questions à chaque élève qui passe à l'avant, Vincent lève la main et l'enseignant lui donne la parole.

— Tu as trop d'imagination, Adam. On croirait presque que tes jumelles ont réellement existé.

Je pense à une mauvaise blague de sa part... Je me suis trompé : il est très sérieux. Je vois le même scepticisme dans le visage d'autres jeunes, jusqu'à mon amie Nadia qui n'est pas convaincue.

J'admets que les « sujets » abordés depuis ce matin ont eu un parcours assez rempli et riche, bien que normal, à l'opposé des Wurtele. J'avais compris au fur et à mesure que les élèves défilaient devant nous à quel point j'étais privilégié de les côtoyer de si près.

— Je sais que ça vous semble exagéré, mais ce que j'ai écrit – et je brandis mon rapport – et ce que je vous ai dit est VRAI !

— Ouais, et moi, mon détective a travaillé avec Sherlock Holmes, lâche Vincent.

Son intervention soulève de vives réactions de la part de mes compagnons de classe. Sans doute jaloux, ils ont l'impression, pour la plupart, que j'ai carrément inventé une vie spectaculaire aux jumelles W. pour me rendre intéressant.

M. André doit s'en mêler pour ramener le calme dans la pièce. La tâche exécutée à coups de hochements de tête, il s'adresse à moi :

— Adam, je réside dans cette ville depuis quelques années et je n'ai jamais entendu parler des sœurs Wurtele, me dit-il, ennuyé.

Que devrais-je répliquer à cela ?

Je pourrais dire que les succès des jumelles se sont déroulés il y a plusieurs décennies, qu'elles sont très modestes et très effacées dans leur propre communauté, que les reconnaissances viennent souvent de l'extérieur, que nul n'est prophète en son pays, que M. André n'est pas de la même génération que les Wurtele, qu'il habite l'autre extrémité de la ville, que…

M. André consulte ses notes.

— Des jumelles championnes canadiennes de ski alpin, qui représentent le
Canada aux Olympiques, qui gagnent
des centaines de courses, qui, aujourd'hui,
à plus de soixante-dix ans, remportent
un marathon de cent douze kilomètres
sur deux jours en ski de fond, qui ont fait
du saut à l'élastique, qui jouent au golf
tous les jours, qui retapent le plafond de
leur église… Tu admettras avec moi,
Adam, que c'est assez difficile à avaler…

J'en suis bouche bée !

— Adam, pourquoi regardes-tu conti-
nuellement par la fenêtre ? demande mon
enseignant, ennuyé.

Et ce que je découvre dessine le plus
beau des sourires espiègles sur mon visage.

— Pour ça, monsieur André !

De loin, on dirait deux oiseaux qui se
laissent planer au gré du vent. Mais je
sais que ce n'est pas le cas. Les autres
élèves les aperçoivent à leur tour et ils se
précipitent aux fenêtres pour mieux les
voir.

— C'est deux avions ? dit Nadia.

— Non !

— Alors, c'est quoi ? dit M. André.

Je m'écrie :

— Ce sont les merveilleuses sœurs Wurtele !

Je pars en vitesse et je cours dans les couloirs, je dévale les escaliers pour les rejoindre dans l'arrière-cour de l'école Roger-LaBrèque. Je suis imité par les élèves de sixième année. Si bien que tous, nous nous retrouvons, la tête renversée, pour assister à la descente et à l'atterrissage, en parachute tandem, de Rhona et de Rhoda.

Elles touchent le sol en même temps, guidées en douceur par leurs moniteurs. Aussitôt, elles sont entourées des jeunes qui souhaitent admirer de plus près ces « oiseaux rares ». Je parviens à en tasser quelques-uns pour me rendre jusqu'à elles.

— Bonjour, Adam ! me saluent Rhona et Rhoda.

— Merci d'être venues ! leur dis-je avec reconnaissance.

Mon enseignant, M. André, se présente et les invite à aller à l'intérieur pour s'entretenir avec les élèves et répondre à leurs questions et… aux siennes.

Les jumelles acceptent avec grand plaisir.

Les parachutes sont ramassés et pliés par leurs moniteurs, et les sœurs sont délestées de leur équipement. Nous rentrons en classe où, après que M. André m'ait fait ses excuses, Rhona et Rhoda lui volent la vedette.

C'est avec ravissement que je les écoute se raconter, sans qu'elles se vantent pour autant. En même temps, je suis un peu triste, parce que cela marque la fin de nos rencontres.

Cette année scolaire avec Rhona et Rhoda Wurtele a été la plus belle et la plus enrichissante de mon primaire. Ma mère m'a parlé d'un cadeau de la vie. Elle a bien raison.

— On ne peut être qu'une meilleure personne quand on a la chance de fréquenter des gens comme elles, m'a-t-elle rappelé. Quel que soit notre âge, à leur contact, on a le goût de repousser nos limites.

C'est vrai : les jumelles Wurtele sont… sans limites !

Merci beaucoup, chères Rhona et Rhoda.

Épilogue

— Et alors ? me dit Nadia. Il est hanté ou pas, le manoir avec son église et son cimetière ?

C'est vrai : je n'ai toujours pas répondu à cette question.

On y arrive justement, Nadia et moi, au domaine des Wurtele. Peut-être pourra-t-elle le constater par elle-même ?

Une fois l'année scolaire terminée, je continue de fréquenter, à l'occasion, les sœurs Wurtele. Leur manoir est régulièrement le lieu de réunions familiales et amicales. Aussi nous invitent-elles, ma mère et moi, à participer à ces fêtes. Leur gentillesse n'a d'égale que leur générosité.

Cette fois-ci, accompagné de Nadia, je me rends à une rencontre organisée par les jumelles. Mon amie avait fait connaissance avec elles à l'école, lors de leur spectaculaire visite en fin d'année. Avec enthousiasme, elle les salue.

— Bonjour, mesdames Wurt…

La voilà, tout comme moi, qui hésite quant à la bonne prononciation de leur nom de famille. Va-t-elle se souvenir de mon truc, Wurtele comme dans *turtle* ? Je me prépare à rire avec discrétion quand elle trébuchera sur *Wurturtle* et…

— … mesdames Wurtele, dit-elle.

Du premier coup ! Pourquoi est-ce que je ressens une légère déception ?

Nadia continue aussitôt :

— Mais à l'école, vous nous avez dit que vous préférez que l'on vous appelle par vos prénoms.

Les jumelles approuvent d'un signe de tête. Nadia leur serre la main à tour de rôle.

— Bonjour, Rhoda et bonjour, Rhona.

Encore du premier coup ! Elle ne s'est pas trompée. Pourquoi est-ce que je ressens une grande frustration ? Du bout des lèvres, je lui demande comment elle a pu faire pour les différencier.

— Il me semble que c'est évident, dit-elle.

Nous sommes un peu à l'écart du groupe des gens dispersés sur le terrain derrière la maison. Ce dimanche après-midi de juillet est magnifique; l'endroit me paraît moins sinistre que par une soirée d'automne... Je prends mon courage à deux mains.

— Euh... Rhona, est-ce que l'on pourrait visiter le cimetière et l'église anglicane ?

— C'est Rhoda, me corrige-t-elle.

Je me tourne vers Nadia.

— Je n'ai rien dit, moi !

— Non, mais tu penses tout haut !

Les jumelles nous amènent, Nadia et moi, vers le cimetière. Je me sens un peu plus rassuré en leur présence... et celle de mon amie. Mais je ne le lui dirai pas... pour ne pas l'effrayer.

Un voile de tristesse passe au même moment dans le regard des jumelles alors que nous avançons en silence. De nouveau, je suis témoin de ce lien invisible qui les unit.

— Il a fallu faire réparer des pierres tombales l'an dernier, explique Rhona dans un soupir.

— Des vandales ont causé des dégâts importants ici, déplore sa jumelle.

Quelques pierres portent encore les marques de cette attaque gratuite. Oser endommager ce qui constitue l'ultime souvenir d'un être cher est… est…

— Horrible et irrespectueux, commente Nadia.

Merci, Nadia. Elle m'enlève les mots de la bouche. Spontanément, elle touche leurs épaules, ce qui lui vaut un sourire en guise de remerciement pour sa compassion. Pour ne pas être en reste, je l'imite…

Rhona et Rhoda nous présentent, non sans émotions, ceux et celles qui y sont enterrés, dont leurs parents, Hunter et Edith, des oncles et des tantes, leur sœur Jean, et leurs frères aînés, Georges et Edgar.

— Edgar ? dis-je, étonné.

— Tout le monde le surnommait Wally, précise Rhona.

Certaines des pierres tombales sont très vieilles et datent du début des années 1900. Parmi ceux qui sont enterrés là, il y a l'ancêtre de la famille Wurtele, Louis, le grand-père des jumelles.

— C'est lui qui a fait bâtir l'église et le presbytère, qui est devenu notre résidence, raconte Rhoda.

Nadia hoche la tête, comme pour retenir la leçon d'histoire.

J'ignore pourquoi, mais tout à coup, j'éprouve un sentiment très apaisant à me promener ici. Les sœurs Wurtele parlent de leurs proches décédés avec tellement de tendresse et d'affection. Les circonstances sont idéales pour poser *la* question :

— Est-ce que votre manoir est hanté ?

Mon amie Nadia guette leur réponse. Rhona et Rhoda échangent ce sourire espiègle que j'ai vu des dizaines de fois depuis que je les connais.

— Qui sait ? répond la première. À l'intérieur, dans le salon, nous avons déjà entendu des discussions. Pourtant, nous étions seules dans la pièce.

— En d'autres occasions, ajoute Rhona, des objets ont été déplacés, sans qu'il y ait eu un courant d'air.

Je me rappelle l'une de mes premières visites au manoir alors que j'avais cru percevoir des voix, et ce napperon de table retrouvé sur le plancher, lui qui était sous un vase de fleurs quelques secondes auparavant. Je me souviens également de la porte qui s'est refermée devant mes yeux sans l'aide d'un courant d'air. J'en fais part à mon amie.

— Vous n'avez pas peur du tout ? s'étonne Nadia.

— Non, dit Rhoda. Ce sont de gentils fantômes qui ne nous veulent pas de mal…

— Et nous sommes de la famille, signale sa sœur.

Mes visites chez les Wurtele s'espacent au fil du temps, avec la rentrée scolaire, en première secondaire. Et puis, il y a cette fille, Lucile Wheeler…

Il n'y a pas à dire : j'aime beaucoup la lettre W !

Toutefois, quand Rhona et Rhoda reviennent chez elles, les sœurs m'en avisent par un message. Si jamais je passe dans le coin, je suis toujours le bienvenu au manoir, fantôme ou pas.

Quand je vais me promener sur les rails de la voie ferrée et que j'arrive à la hauteur du cimetière devant l'église anglicane, j'envoie la main aux fantômes au cas où il y aurait quelqu'un…

À mon ancienne école Roger-LaBrèque, mon enseignant de sixième année, M. André, reprend son projet avec ses nouveaux élèves, soit de raconter la vie d'une personne âgée. Les résultats positifs l'ont encouragé à répéter l'expérience.

Il paraît même que le jeune frère de Nadia a choisi comme « sujets » Rhona et Rhoda Wurtele… Et on me dit qu'elles ont accepté son invitation.

Fin

Dossier

LES SŒURS WURTELE AU TEMPLE DE LA RENOMMÉE DU PANTHÉON DES SPORTS DU QUÉBEC

Par Nancy Robinson

Les jumelles Rhona et Rhoda Wurtele ont été intronisées au Temple de la renommée du Panthéon des sports du Québec à l'automne 2012. Originaires de Montréal, les deux skieuses au talent exceptionnel ont partagé victoires et réussites sportives, honneurs prestigieux et prix de tous genres, sur une période de plus d'un demi-siècle.

LES CARRIÈRES DES SŒURS WURTELE

Championnes de natation et de ski dans les années 1940 et 1950, Rhona et Rhoda sont deux grandes pionnières qui ont ouvert la voie à de nombreuses skieuses canadiennes. Leur sport de prédilection a été le ski et, à elles deux, les sœurs ont réussi à décrocher durant ces décennies les premières et deuxièmes places dans presque toutes les compétitions de descente de ski, de slalom et de courses combinées en Amérique du Nord. La majorité de ces compétitions font aujourd'hui partie du *World Cup Circuit*. Sérieux rivaux en descente de ski, les États-Unis ont remis à Rhona le *Kate Smith Trophy* à trois reprises au Lac Placid, faisant d'elle la première skieuse canadienne à détenir le double titre de championne nationale au Canada et aux États-Unis.

En 1945, les sœurs Wurtele ont conjointement reçu le *Rose Bowl* (prix décerné à l'athlète canadienne la plus éminente) en reconnaissance de leurs performances et de leur contribution générale au sport. L'année suivante, le très convoité *Lou Marsh Trophy*, réservé à l'athlète canadien par excellence, leur a échappé de peu (elles sont arrivées deuxièmes).

En 1948, les jumelles Rhona et Rhoda ont été les seules femmes – et les toutes premières – à être choisies au sein de la première équipe olympique de ski du Canada. Des blessures les ont tenues loin des pentes durant les compétitions olympiques, Rhoda ayant commencé à y participer pour ensuite abandonner à cause de blessures à la cheville et à la tête. Cependant, un mois plus tard, Rhoda a réussi à faire partie des médaillées de la prestigieuse course européenne *Arlberg-Kandahar* à Chamonix en France.

Les jumelles Wurtele se sont mariées et, tout en élevant leurs enfants, ont toutes deux continué à participer à différentes compétitions et à remporter des prix. Rhoda a été nommée entraîneure-chef de l'équipe canadienne de ski aux Olympiques de 1952 et a joué les rôles d'administratrice et d'assistante-entraîneure de l'équipe nationale de ski de 1959.

On ne compte plus les honneurs qui leur ont été décernés. Nommons seulement le *U.S. Ski and Snowboard Hall of Fame*, le Temple de la renommée du ski canadien ainsi que le Temple de la renommée du Musée du ski des Laurentides. Comme le disait Ken Read, ancien skieur alpin olympique canadien, en 2007 : « Les jumelles Wurtele sont reconnues à travers le Canada comme les pionnières du ski féminin ; elles ont inspiré chacune de nos skieuses de calibre mondial médaillées d'or aujourd'hui. »

IMPACT SUR LE DÉVELOPPEMENT DES LAURENTIDES ET DU SKI ALPIN

L'impact des jumelles sur le développement du ski alpin pratiqué par le grand public dans un but récréatif et sportif n'a pas été reconnu à sa juste valeur. De 1956 à 1977, elles ont pris en charge et développé la toute première école de ski nord-américaine pour enfants à Saint-Sauveur dans les Laurentides.

Leur initiative et leur travail assidu ont permis à des milliers de jeunes filles – et plus tard, de garçons – âgées de trois à dix-huit ans de s'initier au ski, ce qu'elles n'auraient probablement jamais eu la chance de faire sans cette école. Les sœurs Wurtele y ont aussi enseigné à des centaines d'instructeurs qui ont contribué à leur tour à multiplier l'intérêt et la passion pour le ski. C'est en 1963 que l'école de ski a été ouverte aux femmes, et ce club, le Club Twinski, poursuit encore ses activités à ce jour.

BÉNÉVOLAT ET SOURCE D'INSPIRATION POUR DES GÉNÉRATIONS DE SKIEURS

Les jumelles n'ont jamais compté leurs heures ou lésiné sur les efforts pour aider les autres, que ce soit en tricotant des chaussettes pour les troupes durant la guerre, en enseignant des techniques de ski aux jeunes filles dans les années 1940 ou, plus tard, en appuyant diverses causes, telles que Souffle de Vie, pour la fibrose kystique, et la Popote roulante.

Les carrières sportives des sœurs Wurtele se sont déroulées à une époque d'obstacles, soit les préjudices envers les femmes dans le sport, le manque de soutien financier aux athlètes, l'absence de programme d'entraînement adéquat et le peu de structure dans l'organisation sportive de haut calibre. Et c'est dans ce contexte qu'elles ont réussi malgré tout à se démarquer en tant que championnes !

Mais tout ce qu'elles ont fait, elles l'ont fait dans un esprit de plaisir – par et pour le plaisir. En janvier 2012, elles ont fêté leur quatre-vingt-dixième anniversaire ; toutes deux sont toujours actives et adeptes de ski et de golf. Elles contribuent encore aujourd'hui à inspirer les jeunes et les moins jeunes, soit par leurs actions, soit par leur histoire.

Membre du Panthéon des sports du Québec depuis 1974, Lucile Wheeler a appuyé avec grand plaisir la nomination de Rhoda et de Rhona au Temple de la renommée. Cette ancienne skieuse canadienne, championne du monde et médaillée olympique, écrit : « Je désire insister sur le fait que les jumelles Wurtele ont été une grande source d'inspiration pour des centaines et des milliers de skieurs de tous les âges et de tous les niveaux – tant récréatif que compétitif.

Elles m'ont inspirée quand j'avais dix ans et elles inspirent toujours de nombreux aînés qui, grâce à Rhoda et à Rhona, profitent très longtemps des plaisirs que procure ce sport. Quand les aînés de Twinski – et tous les autres – deviennent célibataires ou seuls, ils ont, grâce à elles, un "chez-eux" de ski vers lequel se tourner. »

La vie et la carrière des sœurs Wurtele en photos

D'APRÈS LES COMMENTAIRES
DE RHODA WURTELE-EAVES

Voici notre famille devant la grille de la maison de campagne à Acton Vale, en 1925. De gauche à droite, sur la photo, on trouve : Hunter (papa), moi (3 ans), Colly (maman), Rhona (3 ans aussi, évidemment !), George (7 ans), Jean (9 ans) et Edgar (11 ans). Nous avions l'habitude de courir à la grille dès qu'un train passait. Il y avait une voie ferrée juste en face de la maison, à seulement 10 pieds du portail d'entrée.

Rhona et moi détestions les rubans dans les cheveux. Ces robes étaient roses et elles ont été fabriquées par notre marraine, Marg Ironside. La photo a été prise en 1931, sur la véranda de notre maison à Wesmount. Nous n'avions qu'un an quand notre famille y a emménagé.

Ce n'est peut-être pas apparent, mais j'étais plus légère de dix livres que ma jumelle sur cette photo prise vers l'âge de nos 11 ans. Il me fallait une épingle pour ne pas perdre mes pantalons. Nous allions faire du ski à Westmount, sur les flancs du mont Royal. On peut lire sur les écussons de nos casquettes «Montreal Ski Club». Ces écussons étaient attribués aux sauteurs à Côte-des-Neiges.

Tout pour avoir du plaisir ! Incluant de jouer au cowboy sur des vaches, en 1935.

Rhona et moi avons participé au prestigieux bal des débutantes à l'Hôtel Windsor, à Montréal, en 1941. Cet événement marquait l'entrée des jeunes filles dans le monde, c'est-à-dire que nous étions présentées aux gens importants de la ville et pouvions dès lors faire la rencontre de garçons de bonnes familles. Quelle époque !

En 1943, à Gray Rocks, nous voilà en train d'effectuer un saut connu sous le nom de Geländesprung en compagnie de notre entraîneur, le regretté Hermann Gadner.

Le secret n'était pas dans la sauce, mais dans la formule inventée par notre entraîneur, Hermann Gadner. Lors d'une course internationale au mont Baldy, à l'hiver 1945, on nous voit en train de préparer et de farter nos skis avec cette cire spéciale. Pour les besoins de la photo, Rhona surveille mon travail.

Durant le championnat national des États-Unis, en descente, le dessus de la cagoule de mon survêtement a glissé sur mon visage et m'a aveuglée. Je suis tombée et dans ma chute, j'ai brisé mon ski. Puisqu'il fallait porter les mêmes skis pour les deux courses (ils étaient marqués avec un stencil pour bien les identifier), j'ai donc dû rester éveillée jusqu'à deux heures du matin, avec un ami, pour coller et réparer le ski brisé. J'ai pu ainsi prendre part, après une courte nuit, au slalom.

En 1947, il n'y avait pas de remonte-pentes au mont Sainte-Anne à Québec. À l'époque, il nous fallait gravir à pied la montagne afin de pouvoir prendre le départ à la compétition, une épreuve nationale canadienne. Je suis debout tandis que ma sœur est celle qui attache sa botte. Ces bottes sont maintenant dans un musée à Toronto.

Cette photo en action a été prise par Bill Round, en Alberta. Nous venions de terminer une grande tournée de courses dans l'Ouest américain et nous nous étions rendues en Alberta, en mai 1947, pour le tournage d'un film, *Rythm on Snow*, par Luggi Foeger.

On peut imaginer notre étonnement lorsque, au tournant des années 1950, nous avons découvert à la gare Windsor de Montréal une affiche géante du Canadian Pacific nous mettant en vedette. Cette affiche annonçait le Château Frontenac, dans le Vieux-Québec, mais faisait surtout la promotion des plaisirs de l'hiver auxquels nous pouvions accéder grâce au train. Quelle surprise aussi de constater que nos têtes ont été changées pour en faire des personnages dissemblables, dont une rousse !

L'une des expériences les plus marquantes de notre carrière d'athlètes a été de faire partie de la délégation canadienne aux Jeux olympiques d'hiver, à Davos, en Suisse, en 1948. Il s'agissait de notre premier voyage en sol européen.

J'ai dessiné une ligne noire sur cette photo pour indiquer le chemin par lequel je suis passée lors d'une compétition à Chamonix, en France, qui a suivi les Jeux olympiques en 1948. On venait tout juste de me retirer mon plâtre à la cheville. J'ai terminé au troisième rang, une immense victoire pour moi (et une grande surprise pour les Européennes) considérant que mes adversaires étaient des concurrentes olympiennes.

Le sourire est de mise pour nos retrouvailles en 1949, à l'occasion d'une course nationale américaine. Nous ne nous étions pas revues depuis nos mariages en novembre 1948. Rhona vivait alors au Montana et moi, à Montréal.

Moi (avec les lunettes de ski), sans ma jumelle, en 1955, mais en compagnie de Mary Pitt,
dans les Cantons de l'Est.

La station Panorama, en Colombie-Britannique, est notre endroit favori pour pratiquer notre sport. Ici, on nous voit réunies, partageant notre immense plaisir à faire du ski ensemble, en 1987.

Je me joins à Rhona pour porter la flamme olympique à Oakville, en Ontario, en direction de Calgary pour les Jeux d'hiver de 1988. J'ai fait une partie du parcours tôt le matin et j'ai passé le flambeau à ma sœur pour compléter notre bout de trajet. Nous étions âgées de 66 ans.

Faits saillants des carrières sportives de Rhona et de Rhoda Wurtele

1922   Naissance des jumelles.

1941   Rhona et Rhoda deviennent membres du Penguin Ski Club.

1943   Elles s'inscrivent au cours de formation de l'Alliance canadienne des instructeurs de ski (ACIS). Aujourd'hui encore, elles continuent de se qualifier, chaque année, comme instructrices de niveau III.

1944-1947

    Ensemble ou séparément, elles remportent de nombreux trophées récompensant la skieuse la plus performante ou la meilleure athlète canadienne – trophée *Colonial Airways*, trophée *Rose Bowl*, etc.

1948   Les jumelles sont sélectionnées comme membres de l'équipe olympique canadienne pour les Jeux d'hiver à Saint-Moritz, en Suisse. Rhoda, blessée pendant l'entraînement, est empêchée de participer ; Rhona subit une blessure à la tête, envenimée par la suite par une infection, puis se fracture la cheville pendant l'épreuve de descente. Elle termine néanmoins la course.

1950   Rhona fait partie de l'équipe américaine de championnat du monde de la FIS. Rhoda est intégrée à l'équipe canadienne d'athlétisme pour les Jeux de l'Empire britannique en Australie.

1952   Rhoda est membre de l'équipe olympique canadienne pour les Jeux d'hiver, à Oslo, en Norvège ; Rhoda gagne le combiné à la course Holmenkollen, en Norvège.

1953   Les jumelles sont toutes deux intronisées au Panthéon canadien des athlètes amateurs, pour leurs performances à la fois en ski et en natation.

1956   Rhoda fonde le club-école des Ski Jays dans les Laurentides, qu'elle continue de gérer jusqu'en 1982.

1959	Rhoda est nommée gérante et entraîneure adjointe de l'équipe canadienne féminine de ski en Europe.
1961	Rhona se joint à Rhoda pour diriger le club des Ski Jays et se charge des Ski Chicks.
1964	Les jumelles fondent le club Twinski pour femmes adultes.
1969	Rhona et Rhoda font leur entrée au Panthéon américain du ski.
1972	Les jumelles inaugurent les voyages annuels du club Twinski en Europe et dans l'Ouest canadien.
1981	Rhona termine le marathon de Montréal en quatre heures et cinquante minutes.
1982	Les jumelles sont intronisées au Panthéon canadien du ski, Musée canadien du ski.
1985	Rhona et Rhoda reçoivent toutes deux l'*Épingle d'or* pour avoir parcouru cent douze kilomètres en deux jours au marathon de ski canadien.
1986	Le Panthéon du Musée laurentien du ski accueille les jumelles.
1988	Les jumelles sont intronisées au Musée du ski du Québec. Elles figurent dans le film *Skier's Dream*, faisant du parapente.

1998   Elles reçoivent le prix de la YWCA à titre de *Femmes de mérite*.

2005   Le club Twinski, fondé par Rhona et Rhoda, est intronisé au Panthéon du Musée laurentien du ski.

2012   Âgées de quatre-vingt-dix ans, les sœurs Wurtele sont intronisées au Panthéon québécois du sport.

* Un remerciement aux Éditions Twinski. Les faits saillants de la carrière des jumelles Wurtele sont en grande partie repiqués de l'ouvrage *No Limits* de Byron Rempel.

Mot de l'auteur

Alain M. Bergeron en compagnie de Rhoda et Rhona

Adam Beauvais a raison : il y aurait tant à écrire et à dire sur la vie exceptionnelle des jumelles Wurtele qu'il faudrait un livre de trois cent cinquante pages pour tracer un portrait plus juste de leur parcours.

Si la lecture de cette histoire a suscité chez vous l'envie d'en savoir un peu plus sur Rhona et Rhoda Wurtele, je vous recommande fortement l'ouvrage

No Limits de Byron Rempel, aux éditions Twinski.

Cette biographie fascinante comporte des photos qui rappellent la carrière et la vie de Rhoda et de Rhona Wurtele. On a également consacré une partie aux enfants des deux sœurs, dont certains ont connu une renommée internationale. Parmi eux, on retrouve la danseuse Margie Gillis, le hockeyeur Jere Gillis et le cascadeur John Eaves.

Pour en savoir plus, visitez le site : **http://www.twinski.com/index_fr.php** et la page suivante : **www.quebec-amerique.com/jumellesw**

Vous pourrez également y visionner des courts métrages sur les sœurs Wurtele.

Et si jamais vous êtes des adeptes de ski alpin, ouvrez l'œil lorsque vous serez sur les pentes : vous pourriez voir filer devant vous deux skieuses, au style élégant et naturel, qui cachent bien leurs quatre-vingt-dix ans – eh oui ! elles sont nées en 1922 ! – et qui se ressemblent comme deux gouttes d'eau !

Enfin, je souhaite remercier spécialement Nancy Robinson de sa confiance à mon égard pour ce projet, ainsi que Stéphanie Durand, des éditions Québec Amérique.

Alain M. Bergeron, juillet 2012

Du même auteur

Le chat botté, album, Éditions Imagine, 2008.

L'Escouade verte, roman, Éditions Hurtubise HMH, 2008.

Face de clown, roman, Soulières Éditeur, 2008.

Mélodie aux cent sucettes, album, Éditions Hurtubise HMH, 2008.

Sur le bout de la langue, album, Éditions Imagine, 2008.

Crème glacée, limonade sucrée, album, Éditions Hurtubise HMH, 2007.

Je t'aime gros comme, album, éditions Heures Bleues, 2007.

Mon ami Victor, album, Éditions Imagine, 2007.

Thomas Leduc a disparu!, roman, éditions Bayard Canada, 2007.

Une casserole sur la tête, album, Éditions Imagine, 2006.
   • **Palmarès Communication-Jeunesse, catégorie 6 à 9 ans, 2007-2008**

L'abécédaire des Zincroyables créatures, album, éditions Heures Bleues, 2005.

Les Tempêtes, roman, Soulières Éditeur, 2004.

Zak, le fantôme, roman, Soulières Éditeur, 2003.
   • **Prix Hackmatack 2005**

SÉRIES

Coco (7 titres), romans, Éditions Pierre Tisseyre.

Dominic et ses amis (6 titres), romans, Soulières Éditeur.

Les Petits Pirates (6 titres), romans, Éditions du Boréal.

Mission (4 titres), romans, La courte échelle.

Mon petit ourson chéri, (4 titres), albums, Éditions Michel Quintin.

Savais-tu? (40 titres), bandes dessinées documentaires,
   Éditions Michel Quintin.

Virginie Vanelli (3 titres), romans, Éditions FouLire.

Photo: © Martine Doyon

ALAIN M. BERGERON

Anciennement journaliste, Alain M. Bergeron se consacre dorénavant à l'écriture. C'est pour laisser un peu de lui à ses enfants qu'il s'èst tourné vers la littérature jeunesse, mais aussi et surtout parce qu'il aime raconter des histoires. Être lu par des jeunes est l'une de ses plus grandes joies. Tant mieux, puisque les enfants élisent régulièrement ses livres comme leurs préférés ! À ce jour, il a publié plus de 150 livres chez une douzaine d'éditeurs. Chez Québec Amérique, on lui doit notamment la très populaire série *Capitaine Static*, qu'il co-signe avec l'illustrateur Sampar. Un succès éclatant ! *Les Merveilleuses Jumelles W.* est son premier livre dans la collection Gulliver.

Visitez le site de
Québec Amérique jeunesse !

www.quebec-amerique.com/index-jeunesse.php

Fiches d'exploitation pédagogique

Vous pouvez vous les procurer sur notre site Internet à la section jeunesse / matériel pédagogique.

www.quebec-amerique.com

GARANT DES FORÊTS INTACTES

L'impression de cet ouvrage a permis de sauvegarder l'équivalent de 11 arbres de 15 à 20 cm de diamètre et de 12 m de hauteur.

Achevé d'imprimer au Canada
sur papier Enviro 100 % recyclé
sur les presses de Imprimerie Lebonfon Inc.